李锐 蒋韵 著

人間

译林出版社

偶遇因缘
——代序

早就知道“上有天堂，下有苏杭”，一直想去，可是又一直没有去成。去年夏天，全家三口专门到杭州，在西湖岸边住了几天。旅馆的位置非常好，推开后窗是保俶塔，推开前窗是断桥，再往远，波光浩渺山水相接处，耸立着重新修建的雷峰塔。泛舟西湖，寻访寺院，自然免不了提起传说千年的白娘子。月光下影影绰绰的荷叶，和猛然弹出水面的游鱼，让白娘子的话题平添了几分真实感。可那时候并没有想到，有一天竟然真的来重述这个流传千年的神话传说。

最开始的时候并没有答应参加“重述神话”，等到答应了，最初也没有选择《白蛇传》，原来是想把“夸父逐日”和“后羿射日”合而为一，但为了避免题材重复又放弃了，种种巧合的结果最终归结到《白蛇传》，而且是由我和妻子蒋韵两个人合作来完成的，这是我们此生第一次合作完成一部小说。按照佛家说法，这叫因缘。

以我们共同创作的体会，这因缘绝不是简单的赠予。一个在千百年的传说中早已经定型的神话，一个千锤百炼的故事，怎样重述？如何再现？这对于我们更是绝大的挑战。从某种意义上说，凭空杜撰、完全虚构也许会更容易一些。因为“我说故我在”，不需要，也没有任何参照物。但是像这样，在一个千百年的传说之后去“重述”，你会被笼罩在一个巨大无比的阴影下面，你很容易就会跌进阅读习惯造成的期待陷阱之中。于是，在反复的商讨、反复的试探、反复的修改、反复的体悟之后，就有了我们后面的故事。

身份认同的困境对精神的煎熬，和这煎熬对于困境的加深；人对所有“异类”近乎本能的迫害和排斥，并又在排斥和迫害中放大了扭曲的本能；这，成为我们当下重述的理念支架。当然，这显然的主题并不足以给我们叙述的动力，也无法生长成为重述的森林。“因缘”在这里再一次成为关键。《白蛇传》中浓厚的佛教元素，一次又一次成为指点迷航的灯盏。随着重述神话的渐渐展开，我们来到一个常识和真理之外的未知世界。这世界既让我们惊讶，也让我们感动。

当迫害依靠了神圣的正义之名，当屠杀演变成大众的狂热，当自私和怯懦成为逃生的木筏，当仇恨和残忍变成照明的火炬的时候，在这人世间生而为人到底为了什么？慈航苦渡，到底能让我们测量出怎样的人性深度？在这古往今来，每时每刻都会发生善恶抉择的人世间，生而为人是一种幸运、一种罪恶，还是一场无辜？这一切让我们百感交集。

可惜，在我们的故事结束时，深深体会到的，还是自己的慧根浮浅。虽竭尽全力，我们的慈航也不过是浅尝辄止。唯一可以告慰的，这是两个人真心的探求。

李　锐

2006年12月24日于太原

目 录

引　子

我母亲说，就在我出生前不到一个时辰，她坐在自家楼房的南窗前，窗外秋阳如水，西子湖静悄悄的，远山近树也是静悄悄的，一动不动，像是沉在水底的影子。猛然间，我母亲听到“轰咚”一声骇人的闷响，她就想，来了，来了，孙大帅的队伍真的打进杭州城里来了。那些日子，杭州城人心惶惶，到处盛传孙传芳的队伍要打过来了。腿快的已经带上细软逃跑了。眼看大祸临头，我母亲因为怀着我，马上就要临盆了，哪里都不能走，只好在家硬等。我母亲有一句至理名言：这世界上凡是做过妈妈的女人都晓得，天底下没有比生孩子再大的事情。我母亲说，在那一声骇人的闷响之后，再没有第二声，她一扭头，就看见了那股冲天而起的烟尘。等到烟尘散尽，我母亲看见了比孙大帅的大兵进城更可怕、更离谱的事情——夕照山下的雷峰塔没有了。我母亲说，杭州人世世代代看着雷峰塔，生生死死不知看了几千几百年，雷峰塔怎么可能一下子就没有了呢？我母亲惊恐万状，不敢相信自己的眼睛，慌忙走过去推北窗，推开北窗，她一眼看见了宝石山上尖顶如锥的保俶塔。我母亲这才相信了自己看见的事情——雷峰塔倒了。从此往后，在西湖南北两岸对望了不知几千几百年的一对宝塔，只剩下孤零零的一座。都说“雷峰如老衲，保俶如美人”，现在，雷峰塔倒了，老衲死了，天知道美人还能活几天？我母亲又扭过头去，呆呆地看那片空荡荡的烟尘，她终于再次确定，雷峰塔真的是倒了。这个不可置疑的确认，让我母亲陷入了难以言说、巨大无比的惶恐之中：一座站了千年百年的古塔，好好的怎么就会塌了呢？谁都知道那个老故事，谁都知道这座塔底下压着一条白蛇。难道是法海和尚转世投胎变成孙大帅又回来了？难道是镇在塔底的白蛇白娘子，千年万年，真的等来了翻身出世的日子？

随后，在母亲巨大无比的惶恐当中，我出世了。

我母亲说，产婆把我洗好、包好，递到她眼前，白白净净的一个女孩，不哭，也不闹，一对冰凉的小拳头抱紧在胸前。母亲把那一对冰凉的小拳头握在自己温热的手心里的时候，忽然看见我的嘴唇动了动，不像是要吃奶，倒像是要说话。我嚅动的小嘴，让我母亲打了一个寒噤，一个念头在她心里骇然闪过——莫不是真的白蛇转世来到了我家？从那一天起，母亲一闪而过的念头贯穿岁月，跟随了我漫长的一生。

那一天，是一九二四年九月二十五日。为了记住这一天，母亲特地给我起了一个名字：秋白。

第二天一早，我母亲把家里的仆人们都打发出去，让他们到杭州城里四处打听，看看别的地方、别的人家，同一个时辰到底是不是还有什么别的孩子出生。到了吃晚饭的时候，撒出去的人都回来了，说孙大帅的队伍暂时还没有进城，说四处打听、沿街查访，没有听说也没有看见别人家里有孩子出生。然后，他们又说，去黑珠巷请刘半仙算过了，秋白出生的时辰是太白金星高照，大福大贵，将来必定儿女成群，长命百岁，是杭州城里难得的贵人。太白金星高照的贵人，哪能成双成群地生出来呢？这样说的时候，大家都心照不宣地相互看看。我母亲不相信刘半仙的话，但是仆人们带回来的当天的《钱塘晚报》给了我母亲一个证据，这个证据让她有了用厌恶代替惶恐的理由。

报纸上登了文章说雷峰塔倒了。又登了照片，照片上是雷峰塔遍地瓦砾、粉身碎骨的尸体，在雷峰塔的尸体上蚂蚁搬家一样聚集着人群。原来是有人误传，雷峰塔里藏了“金”，塔一倒，撒了满地黄金。人们发了疯一样跑过去找金子，在碎砖乱瓦上翻个不停。后来才知道是听错了，不是“藏金”，是“藏经”。两手空空、大失所望的人们纷纷而去。但是，确实有人真的在摔碎的砖心里，看见了一卷一卷的经文。可大家全当那是废物。后来，有大学问家出来说，那是一卷一卷的《陀罗尼经》，都是宋代以前用雕版印出来的经文，比金子要值钱得多、贵重得多。人们这才如梦方醒，又纷纷返回去，在雷峰塔的尸体上东挖西敲，榨骨吸髓。可是，已经晚了，那些经文早已经变成了拿不起来的纸灰。满心狂喜的人们，再一次两手空空。眼见得一日之内，人心几起几落，到头来还是一场空。人们忽然觉出一点异样的滋味来，忽然觉得自己像是一群被戏弄的牵线木偶，忽然觉得自己像是一群吞吃了同类的野兽，一丝不能出口的惭愧和歉意在那些贪婪的眼睛背后，飘忽不定，游来游去。

我母亲说，她看着照片上蝼蚁夺食一般的人群，心痛如锥，就在那一刻顿然醒悟，一下子看透了真相。于是，我母亲对着我长长地叹息——

“秋白呀秋白——这人世间真是托付不得真心哪……”

在我以后长大的日子里，我母亲指着那份她特意保留的《钱塘晚报》，一次又一次地这样对我叹息。

一九二四年九月二十五日，对于《白蛇传》是个特别的日子，因为在这一天，西湖边上的雷峰塔倒了。雷峰塔遍地瓦砾、粉身碎骨的尸体，突然间让一个流传了千百年的神话故事有了完全不同的结局。当初，法海和尚把闯进人间的白蛇镇压在雷峰塔下面的时候，曾经留下四句偈语：

西湖水干，江湖不起，
雷峰塔倒，白蛇出世。

现在，雷峰塔倒了，我出生了。命中注定，我要成为这个流传了千百年的故事的一部分。命中注定，八十年后我会看到那封手札，知道了完全不同的结局。命中注定，我终会和自己重逢。

第一章

粉孩儿

一

他盘在树上，双腿倒钩树梢，让自己隐藏在浓密的树叶中，一只呆头呆脑不设防的小麻雀，飞过来，发出心无城府的欢叫。正午的阳光明亮到炫目。是一个静谧安详的正午。突然他身子如箭镞般“嗖——”一声飞出，只一闪，再弹回，那只无辜的小麻雀就落在了他的齿间。它挣扎，用翅膀拼命拍他的脸。一股腥甜的鲜血，慢慢溢满他的口腔。

脚下，树林、草滩，又明亮又静谧。一条仁慈的大河在前方从容不迫地流淌。四周没有人，没有人看到他这种怪诞又残忍的游戏。

他热爱这欢乐的捕捉，热爱静谧的断杀：麻雀、山雀、知更鸟、白头翁，还有那些形形色色的昆虫，金铃子和天牛、蚂蚱或是蜻蜓，他热爱身体如箭镞般飞出的欢乐，热爱舌头的探索，他也热爱最新鲜的血液溢满口腔的快感。那快乐的感觉竟让他如醉酒般晕眩。

他叼着猎物，却用手背去抹嘴角的血迹——他不能留一点罪证。

难过就是在这时候袭来的，在极乐之后。他忽然恐惧地松开了嘴，小麻雀“噗”地掉在地上，最后扇动着它永不能再飞翔的翅膀。他一阵翻江倒海地恶心，猛然张大嘴巴，似乎想给那不幸落入黑暗深渊的小灵魂一条出路。他知道这是没有用的，可他只能久久大张着嘴巴，那是对自己的惩罚。

起初，看上去，他和每一个刚刚出生的普通孩子没任何两样，粉团一般的小身体，胳膊像鲜藕，大眼睛，透明的水玉般的小指甲，黑黑的头发，是个未来的美丈夫。

五个月上，咿咿呀呀，见人就笑，露出两个浅浅的小酒窝，哭起来却是惊天动地浑不讲理。喜欢女人，喜欢让女人抱。干净漂亮的小村姑们一走过，他就“嗷嗷”地冲人家撒欢，而男人们，无论老少，他都矜持骄傲地不理不睬。

他娘快乐地说，原来也是个小情种啊！

这小情种、小美丈夫，一天一天长大，悄悄长大，身体中神秘的秘密，无人知晓。突然有一天，他乘人不备爬出了户外，有什么东西在引诱着他、召唤着他。是一种声音，竹笛，牧童的竹笛，这声音让他莫名其妙地兴奋、激动，唤起他身体深处的东西，混沌深处的东西，记忆和向往。他陶醉地舞蹈，在地上扭动，在这欢乐的刹那，他还原为另一种生命和生灵。

那是一个大灾殃的开始，不过他毫无记忆。

再大起来，大约四五岁的时候，他突然迷上了捕捉。那时他不知道自己是有异禀的，他很快活，舌头一卷，一只小虫就下了肚，再一卷，又一只。弟弟檀童蹒跚地跟在他身后，学他的样，粉红的小短舌头，一伸一伸，却一无所获。檀童撇着嘴角，哭了。他友爱地俯下头，将刚刚捕获的猎物，一只金铃子，喂到了檀童的小嘴里。

就在这时，他听到了娘的惊叫。

父亲闻声从屋里跑出来，娘用手指着他们小哥俩，说不出话。父亲脸白了，他冲过来，扳住檀童的嘴，抠出了那只金铃子。然后就扑向他，掐他的脖子，摇他，扳他的嘴，用一根指头狠命地去捅他的喉咙。他呕吐了，那些猎物，一只只，被呕出来，带着他的体液，有一只，甚至还垂死挣扎地扑了两下可怜的翅膀。

白灼灼的烈日下，他头晕目眩，眼里迸出无数颗闪亮的金星，像诱惑他的美妙的飞虫。

夜晚，父亲坐他床边，摸他的头发、脸颊，轻轻地、郑重地说：

“粉孩儿，你要记住，人，是不吃虫的啊。”

父亲的脸，还有声音，都很悲伤，那悲伤是他不能了解的，却让他害怕。

“吃虫，会引来祸事，儿，你要记下！”父亲又说。

灯焰在父亲脸上，一跳一跳，墙壁上父亲的身影也一跳一跳，像鬼魅的舞蹈。他不知道“祸事”是个什么东西，可那一定是可怕的、黑暗的。而他自己，则是一个能引来“祸事”的可怕的人。

天上地下，黑夜白天，有多少的诱惑，引诱他惹祸。飞蛾撞他的脸，青蛙跳上他的赤脚背，牛虻在他耳旁寻衅，萤火虫扑打他家窗棂。这世界，步步都是为他设下的陷阱。他目不斜视，变得呆头呆脑。他对自己说："粉孩儿，你不能惹祸。"可是心里，却总有一个小声音，说着另外的话。那声音总是愤愤不平地发问："为什么？为什么？"

一个晴朗的秋日，孩子们聚在草滩上小树林旁，玩弹弓，比赛打鸟。他们玩得很快活，你喊我叫，那射出的弹子，却差不多弹弹虚发。他一时忘情，忽然飞身上树，双腿倒钩住树梢，身子"嗖"地一弹，一只小鸟就扑棱棱落在了他的齿间，他一松嘴，"嗖"地又是一弹，另一只又被他扑棱棱拿下。树下的孩子们张大嘴，看呆了，突然他们欢呼起来，大喊："给我！给我！"他们围着大树，雀跃着，向他要战利品。只见那柔韧的小身体，嗖嗖地、欢快地、寒光凛凛地出击，如同一把匕首，刀刀见血。就在这时一个声音在一旁惊叫起来：

"天爷！造孽呀，看这孩子，像长虫！"

那是一个妇人，长舌妇，最爱搬弄是非。就算不是长舌妇也无法掩盖真相了。遇上这样的奇事，哪个人又能守口如瓶？不到一个时辰，一庄的人，男男女女，都知道了这孩子的怪诞，一庄人交头接耳，"长虫""长虫"的。大人们纷纷唤着自家的孩子，唤他们回家，早早地，将鸡鸭警惕地赶入了窝。他一个人，留在刚才还热闹欢腾的草坡上，看着太阳落下，月亮升起。他知道自己惹了"祸"，不敢回家。天渐渐黑下来，黑透了，满天的星斗，像满天的大泪滴，盈盈欲坠。夜露也起了，在草尖上伤心地滑动，也是盈盈欲坠的。他躺下来，俯下身，把自己埋进了草丛里。忽然他身体里涌起了一种奇妙的变化，仿佛柔若无骨，柔若无骨在大地上狂喜游走的幻觉攫住了他。这刹那的幻觉，这狂喜，让他害怕得发抖。他心里叫着：不要，不要，不要！可是不要什么呢？他一点儿也不知道。

睁开眼睛的时候，是在爹的怀里。爹在草丛中抱起了睡着的他，一路抱着回家。爹没有骂他，没有抱怨。他委屈地说：“爹爹，我没有吃虫。”爹回答说：“乖儿，我知道。”他安静地搂住了爹的脖子，那是开天辟地的一次。黑漆漆的庄子里，只有他家的纸窗，透着温暖的光明。娘在收拾行装。爹抱他进来，对娘说：

“连夜赶路吧。”

当晚，他们举家离开了这村庄，慌不择路。这是他们因为相同的原因，第三次迁徙。只是前两次，粉孩儿太小，不记得了。

这一家人最终在北方大河边的一座城郭中落脚生根，那已是几年后的事。

这城郭，富庶热闹，是个水旱码头。有个河神庙，临河而筑，庙前是品字形的三座大戏台。年年六月二十三，河神过生日，要唱三天连轴戏。三座戏台，同时开锣，三家班子打擂，三昼三夜，锣鼓丝弦不停点。

南来的船，在这里靠岸，卸下茶叶和丝绸。北来的皮筏子，卸下的则是胡麻油和皮毛。那皮筏子，是用剥下的羊皮筒扎成的，这城郭，到处都弥漫着羊膻气和北人喜欢的胡麻油香。

三街七十二巷，各有各的热闹，纸坊、染坊、酒坊、醋坊、粉坊、画坊、金银楼、铁匠铺、酒肆、茶楼、勾栏院，应有尽有。东来西往的旅人，坐贾行商，泼皮无赖，南莺北燕，九流三教，日日川流不息。粉孩儿一家，栖身此地，恰如鱼游大海，鸟入山林，得其所哉。

西街上，粉孩儿他爹言亘，开了间生药铺，几年下来，渐渐有了好名声。那铺面不算大，却也有堂号，叫作言生堂，卖南北药材，也配制丸散膏丹。其中一味回春散，是疗治蛇伤和解五毒的奇药，有起死回生的神效——那是言生堂秘不示人的独家秘方。

回春散不仅医人，也医马。因此，北边来的商贾，常常贩许多回去，卖给草原上的牧人。被毒蛇咬伤的骏马，灌下回春散，果真起死还阳。言生堂的名声，也因此越传越远，南北行商，有不少甚至专为这回春散而来，生意自然日益红火。门上换了黑底金字的大牌匾，雇了好几个伙计。有了钱，又买了处大院落，两进的庭院，后一进，是一座水磨青砖一磕到顶的巍峨楼房，雕着五福献寿、和合二仙、马上封侯、麒麟献子，各样吉祥如意的砖雕，好不气派。搬进这新居的头一晚，他娘胡氏哭了。他娘站在庭院里，一手拉着粉孩儿，一手搂着檀童，仰脸看那楼房，哗哗流着眼泪，说:“儿啊！儿啊！”

六年过去了，粉孩儿如今已是一个十一岁的小少年。当年粉装玉琢的团团脸，如今长出了尖下巴，可仍然是俊美的。两只清水眼，配两弯笼烟眉，有一种天然的女儿样的幽怨。他罕言寡语，不爱笑，也不和人亲热。在学塾里念书，从不跟别的学童一起玩耍淘气。掌塾的先生夸他冰雪聪明，说："孺子可教！"给他取了一个好名字，仕麟，言仕麟，说他日后定有蟾宫折桂的一天。他爹听了这话，自然十分欢喜。

几年顺风顺水的日子过下来，言亘发了福。许多事都忘记了——忘记了儿子曾经有过的异禀和怪诞。现在他是一个成功的生意人，是一个有着锦绣前程的童生的父亲。言亘把对家乡的记忆变成了一种嗜好：喝茶。夏日的夜晚，他摆一把藤椅在院中树下，沏一壶南来的香茗、雨前的旗枪或是龙井，摇把大蒲扇，听儿子在他面前，朗朗地背诵那些圣人的文章。人生在世，夫复何求？往事如风而过，似乎，没有留下任何痕迹，唯有素白的瓷杯上飘出缕缕的茶香。

东邻西舍，有女初长成。东邻姓卫，开着家大银楼；西舍姓贾，有两家绸缎庄和一家生意兴隆的当铺，俱是城中最殷实富足的人家。东邻西舍都相中了粉孩儿这个美少年，想钓他做金龟婿。卫东家和贾东家，常常邀仕麟爹去吃酒；卫娘子和贾娘子，则隔三岔五来言家串门。当然，眼下孩子们都还小呢，且不说破。只不过，卫娘子和贾娘子，看到那粉孩儿，私心里已经觉得那一准是自家的东床娇客了。

父亲高兴得过了头，吃醉了酒，回到家中，胡言乱语，连连叫着粉孩儿的名字，说："粉孩儿，粉孩儿，娥皇和女英，你要哪一个？"

胡氏忙用一碗热茶堵住了他的嘴。

胡氏说："粉孩儿，念了一天书，出去散散吧。"

粉孩儿出去了。出家门，不走大路走小路，朝西，再朝西，就来到了河滩上。城郭让他甩到身后了，热闹喧嚣让他甩到身后了。现在，只有他和河，只有洪荒中叫人迷茫、伤心的涛声，还有西坠的落日、草滩、树林，这是百虫的家乡，百鸟的家乡。远远地，过来一队纤夫，拉着一只吃水很深的上水船。河岸上的纤夫，人人赤身露体，阳物在身下，晃晃荡荡，嘴里唱着河上古老的号子：

盘古爷呀，嘿哟嘿哟！
开天地呀，嘿哟嘿哟！
女娲娘娘，嘿哟嘿哟！
生万民呀，嘿哟嘿哟……

他听着纤夫们渐行渐远的号子，慢慢平静下来。

他学会了隐藏。六年来他隐藏得很好，再也没有惹祸。在这个城郭中，没有谁再把他看作是一个怪物。就连父亲，也以为他迷途知返，转了习性。可是，只有他一个人知道，他其实仍旧是，也许，永远都将是人群中的一个异类、一个妖异。他身上奇怪的癖好和习性，那让人群惊异害怕、给亲人带来祸端灾殃、让他自己深深羞耻和痛苦的东西，不是他想甩脱就能甩脱的，那是他与生俱来的，是和他的血肉之身生死相随撕裂不开的噩运，是他的命。一天天长大的粉孩儿，小小年纪，明白了这一点，从此就变成了一个不会笑、没有快乐、心机很深的孩子。

他生而与人不同。

他常常独来独往，不合群。他最喜欢的地方就是这片大草滩，百虫的家乡。草的气味，让他感到亲切。最不快乐、最郁闷的时候闻到阳光下草的腥气他甚至会哭。他趴在草地上，哗哗地流泪，感受到一种羞耻的快乐。他努力克制着不让他那条箭矢般的长舌飞出口腔。可是，总有控制不住的时候，总有激情奔涌的时刻，在确保没有第三只眼睛注视时，他偶尔会放纵一下自己。他钻进小树林，爬上枝叶最浓密的大树，将自己隐藏起来，当一只猎物，无论是小麻雀还是知更鸟，被他迅雷不及掩耳地咬在齿间，鲜血涌入腔中的刹那，他会狂喜地发抖。而随之而来的便是更深刻的羞耻感、罪恶感和一个永没有答案的疑问：

“我怎么了？怎么了？怎么了？”

没有人回答，只有迷茫伤心的涛声在大荒中永不停息地劝说着。纤夫又过来了，唱着号子。他渐渐平静下来。不知为什么，只有在这些赤身露体的纤夫面前，他的羞耻感才会消弭殆尽。这世上，只有他们在光天化日之下精赤条条的袒露被看作是天经地义的事。是因为他们低贱吗？他不知道。可这些精赤条条低贱的人却是他唯一不害怕的人群，他甚至梦想有一天也去做一个纤夫，摆脱掉这身衣服，也再不用去管那条舌头——自古以来，纤夫走的那条水道河滩，就是天不管地不管皇帝老子也不管的一片飞地。也许只有那里，是他的容身之处。

可那只能是做梦。他入了圣贤的门，只能做圣贤的弟子，只能做圣贤要他做的事了。

他想起搬进新房的那一天，娘搂着檀童，拉着他的手，哗哗流着眼泪，说："儿啊，儿啊！"一家人，只有他，懂了娘的意思，知道娘没有说出口的是一句什么话。若说，六年来，他的隐藏瞒过了所有人甚至至亲的亲人们，那是不确的。至少，娘心里悬着明镜，知道这小小的孩儿为了这个家，为了这一家人的平安"忍"下了什么。娘知道这高门楼大宅院是用这小小儿郎多少隐痛、挣扎、委屈换得的。为了娘没有出口的这句百感交集的话，他还得这样一天又一天、半人半鬼地"忍"下去。

太阳沉下去了，天地一派苍青，大河的劝慰之声在苍茫中哗哗不息。草滩上，起了蚊子。蚊子成团肆虐地撞他的脸。他定定心，像所有的人一样，用手拍打和驱赶着它们，而不是用舌头。然后，把大河留在身后，踏着漫天草香回家去。

又过了几年，这河边的城市决定兴办一件大事——重修河神庙。那河神庙始建于哪朝哪代，已不可考，如今，已是摇摇欲毁。城中晋绅、商贾、农户、作坊，纷纷捐银捐物，请了工匠，选了吉日良辰，大兴土木。历经一春、一夏，到秋天，大功告成。新河神庙画栋雕梁，高高立在河畔高崖。人们顺带也整修了古戏台。山门前，勒石刻碑，记下了“重修河神庙碑记”，还有捐银者的姓名。

言生堂言亘的名字，是排在最前列中的一个，上面赫然写着：捐银三百两。

翌年，言家也出了一件大事。这一年，是大比之年，十六岁的粉孩儿言仕麟，一举得中乡试解元。喜报传来，惊动了一城的百姓。一城的百姓都说：“神童！神童啊！”又听说这神童生得玉树临风，貌比潘安，更是惊奇不已，人人都想一睹这神童的风采。

贺喜的踏破了家门，言家一片洋洋喜气。设筵开席，又请了最好的戏班子，在新筑成的河神庙戏台上，唱三天大戏，以飨全城父老。开戏第一天，遵照古例，戏班主请新举人言仕麟在河神前净手焚香，掣签点戏。第一支签，抽出的是一出——《白蛇记》，讲汉高祖刘邦斩杀白蛇起义、夺取天下的故事。

坐席上，父亲言亘，脸色大变。

锣鼓“哐才哐才”敲响了，梆子声震耳欲聋，刘邦斩白蛇的故事，唱起来了。高亢起伏的唱腔，贴着河面传得很远，很远。

二

这白蛇不是那白蛇。

这白蛇生在峨眉山，年深日久，有了觉悟，幻想做一个人。它到处请教可有什么方法能够修炼成人。它问林中的走兽，走兽们回答说："做人有什么好？还不如做妖，自由自在。"它不喜欢做妖，又去问天空的飞禽，它们生着翅膀，见多识广一些。飞禽们听了，回答说："只听说过修炼成仙的，吃灵山的仙草，喝西天的仙露，能得道成仙，修成正果，可没听说过怎样修炼成人的。"它也不喜欢得道成仙，尽管那是所有妖精的最高梦想，它只想做一个肉身凡胎的人。它又去问石头，那是悬崖绝壁上的一块巨石，不知已几千几万岁，它对石头说：

"石兄啊，你历尽风霜，可能告诉我，怎样才能修炼成一个人？"

巨石听了，久久沉默不语。它以为没指望了，转身要走，只听石头忽然迸出两个字，石头说：

"冥想。"

它大喜过望，却又不得要领。"冥想？石兄啊，想什么？"

“那就是你自己的事了。”石头冷淡地回答。

它谢过巨石，游走了，只听身后传来了石头冷冰冰的声音：“再送你两句话，‘两耳不闻洞外事，地裂山崩不移身’，切记。”

于是，它潜进了峨眉山最深处，潜进了无人知晓的白云洞中，开始了它的苦修。渴了，就喝岩缝中滴下来的山水；饿了，也靠这岩缝中的山水充饥。第一个千年，它冥想：给我一个人的身子。于是，一千年过去了，它有了一个人的身体和花容月貌。第二个千年，它冥想：给我一个人的头脑。于是，两千年之后，它有了人的头脑和智慧。到第三个千年，它冥想：给我一颗人的心。这是最难获得的，也是功败垂成的最后一搏。

两千九百九十九年头上，有一天，寂静的洞外突然传来一声颤巍巍的喊叫：“救命啊！救命啊！”声音苍老又急切凄厉。它沉沉的冥想一下子被打断了，它侧耳聆听，只听那呼救声，越来越近，越来越清晰，一声比一声凄厉，一声比一声惊慌，扎着它的耳朵，乱着它的心智。“两耳不闻洞外事，地裂山崩不移身”的教诲，它本是谨记在心的，然而此刻，人命关天，救，还是不救？它没有余地思前想后，千钧一发之际，它挺身而出了，跃出了两千九百九十九年未曾踏出的白云洞口，只见一条恶狼，已将一个白发苍苍的老妇扑倒在地，它冲上前去，一掌就将恶狼击倒了。刹那间，恶狼没有了，老妇也不见了，灵光普照，眼前立着的，竟然是手持玉净瓶救苦救难的南海观音菩萨。菩萨现出了真身，悲悯地望着它摇头说道：

“功亏一篑，你是做不成一个真正的人了。”

菩萨的话，让她惊悚。她站在暌违了两千九百九十九年的蓝天白云之下，唇红齿白，分外妖娆艳丽。慈悲的菩萨看穿了她可悲的未来，说：

“你最终没能修炼出人心的残忍，在人间，你将备受折磨，没有比人更不包容异类的。可你也不能再做回一条蛇，因你毕竟已有了一具人的情色之身。白蛇女，苦海无边，你要三思啊。”

说完，菩萨腾云驾雾飘然而去。半空中，传来菩萨最后的声音：

“成仙易，做人难，白蛇女，你是舍易求难啊！”

就这样，她三千年的修行，终止在两千九百九十九年的一桩善举之上。

它没能了悟菩萨的点拨，人间的历练将成就它最后的“冥想”。

西天有瑶池，瑶池边有座蟠桃园，园中有蟠桃树，那蟠桃树，是西王母亲手栽种的，一千年开一次花，三千年结一次果。

蟠桃园中，有一条小青蛇，那小青蛇，尚属混沌稚龄，未满一千岁，饮仙露琼浆、吃仙草树叶为生，日日在园中嬉戏。忽然有一天，睁开眼睛，只见一片香雪海，漫天漫地，原来是蟠桃树在等待了一千年之后，一夜之间，争芳吐蕊。那一片怒放的美景，让小青蛇看呆了。

小青蛇说："啊呀呀！"

一只三足鸟，落在蟠桃树上，啄食花瓣，听到小青蛇的惊叹声，笑它没见过世面，三足鸟说：

"这可有个什么？想看开花，那还不容易？到人间去呀，一年就开一次呢！"

"人间？"小青蛇很惊讶，"人间是个啥地方？"

三足鸟笑了："要说这人间，可有故事，你想不想听？"

小青蛇挺起碧绿的身子，连连点头，说："三足鸟呀，我还从没有听过人间的故事呢，你讲，你讲。"

"这人间呀，"三足鸟摇摇头，"本来是一片大水，什么都没有。后来水退了，就有了地。地上本来也什么都没有，可是有一日，下了大雨，雨过天晴，地上就长出了东西，长出了树，长出了花花草草，长出了万物。花草结籽，树结果，这结下的籽和果，不是别的，就是人，所以，人这东西就把他们自己叫作——草木之人。"

"噢——"小青蛇恍然大悟，"人原来就是花花草草啊！"

"嗨，你呀你，真是没见识，"三足鸟哂笑着连连摇头，"不说那么多了，这人啊，用腿走路，用手干活，不会飞，从生到死，也就是一昼一夜的功夫——他们把这一昼一夜叫作'百年'，可笑不可笑？不过，他们还是会折腾，一来二去，折腾出个花花世界来，说来还真是个热闹去处。"

"花花世界"这几个字，让小青蛇无限神往，它几乎闻到了它的芳香，它的甜美。"啊呀呀！"它慨叹着，"三足鸟啊，去那人间，路远不远？”

“去倒不远，回来可就远了，”三足鸟回答得意味深长，“那条路，好去难回。”

“是啊，那样好的花花世界，去了，就不舍得回来了吧？”小青蛇跃跃欲试，“三足鸟，你告诉我，我怎么才能去那个好地方？”

三足鸟想了想，说：“把你变成个人模样，下去走一遭，倒也不难。可你又没有犯天条，无缘无故，为何要下凡历劫？”

小青蛇不懂什么叫“下凡历劫”，它被一片花香熏得不能自持，它望着恣肆盛开的蟠桃花就像望着至爱的亲人，美色是它的至爱。三足鸟从它的眼睛里看出了这致命的东西，它想，拦不住的，这是小青蛇的命定。三足鸟微微叹了口气：

“好，我教你，你闭上眼。”

小青蛇听话地把眼睛闭上了，只觉得一阵软风扑面吹来，吹得它身上痒酥酥的，直往骨缝里钻，它觉得自己融化了，融化成了水，却又慢慢聚合。再睁眼，呀，眼前的景致一下子变了样，青草低低地到了它脚下，而桃花则灿烂地悬在它脸前，它站立着，这么大，有手有脚，长长的胳膊长长的腿，怪模怪样——人原来是这样一副怪样子！

“好俊呀。”三足鸟微笑地瞧着它。

看着欢天喜地就要远行的小青蛇，三足鸟叫住了它：“记住，别忘了，你不是人那贱物，你是蟠桃园里的灵物幻化而成，你的牙，你的口，不光能吃仙草吸仙露，人间万物皆可为你所用。可千万别忘了这个，孩子！”

它忽闪着懵懂的大眼睛，乱点头。

就这样，小青蛇就真的到人间去了，不为别的，只为贪恋那开花的美景。

她穿云破雾，袅袅娜娜，来到一个叫作杭州的地方。正是人间三月天，那杭州城，就是一片花海。除了桃花，别的花，她一样不认识，只见姹紫嫣红，千姿百态，香气遮天蔽日，小青蛇抑制不住心里的狂喜，说：

“啊呀呀！啊呀呀！”

她流连在花丛中，看那湖光山色，真是美不胜收。走啊走，走啊走，走累了，见眼前一座大茶棚，许多人在那里品茗吃茶，她便也走进去，学人的样，要了壶香茗。她本是聪明剔透的，水晶似的心肝，无师自通，自然一点不露马脚。喝茶间，眼观六路，见人家掏出铜板付账，她哪里有铜板？一低头，看见自己手中，有方才折下的花枝，她偷偷笑了，扯下那大花瓣，托在掌心，吹口气，便是一枚崭新的大铜钱。

正得意间，一抬头，看见对面茶桌上，有个妇人正用眼睛，凌厉地打量着自己，看穿了那小把戏似的。她倒也不慌张，反冲着那妇人莞尔一笑，快乐地高声喊：

“茶房，算账！”

出了茶棚，小青蛇就把那妇人丢在了脑后。此刻她来到一条大街上，好热闹繁华的一个去处，铺子一间连一间。小青蛇玩上了瘾，她一朵一朵地扯花瓣，把它们变成一枚一枚大铜钱，吃吃这，尝尝那，好不快活。不知不觉，太阳下山了，月亮升起了；不知不觉，夜来了，人去了。除了酒楼歌肆，所有的商铺，都上了门板，打烊了。

西湖安静了。

汩汩的水声中，起了箫笛。看不见吹箫人，只有波光万点，载着那箫声，随波逐流，起伏跌宕。湖边，游人绝了踪，飞鸟已投林，剩下的，就是那无家可归的飘零人了。只见那小青蛇，独自坐在一座小亭下，让笛声吹得，渐渐起了乡愁。忽地，笛声中，又传来了清亮的歌喉：

绿柳绕回廊，无限景光骀荡。
惜花心性，似游丝空际悠扬……
倒金樽沉醉花前，听笙歌十里画塘。

"呀——这就是人间哪！"小青蛇感慨一声。忽听身后传来了一个人声：

"敢问这位小大姐，可是迷路了不是？"

她诧异地回头，只见一个老婆婆站在她身后，她四顾一番，再无别的人影，于是好奇地问道：

"婆婆呀，你是在跟我说话吗？"

"是啊是啊，小大姐，"那老婆婆笑眯眯地瞅着她，"你可是迷了路？还是跟家人走散了？怎么一个女孩儿家，黑天半夜的，独自坐在这里呢？"

这一问，把个小青蛇问住了，她低头瞧了一眼自己，这才猛醒，此身已非蟠桃园中彼身了。是啊是啊，人都有个栖身处，我这个“人”，家在哪里？又要到哪里投宿呢？这一想，倒真觉得有些茫然若失了。

“婆婆呀，我是跟娘来进香的，走散了。我家住在桃花村，离这杭州城，好远好远啊！”她想起了蟠桃园，嘴一撇，眼泪就下来了。

“不妨事不妨事，”老婆婆走上来，拉住了她的手，“造孽呀，哪能让你这样一个小姑娘，宿在这湖边野外？若你不嫌弃，就跟我来，在我家借宿一晚，明天早晨，再着人送你回家，你看如何？”

老婆婆笑吟吟，牵着她的手，她其实是不大分辨得出人的年纪的。月光下，只觉得，那是起皱的一张脸，慈眉善眼，无端地让人觉得亲近和亲切。

“那好啊！”她顿时变得快乐起来。

小青蛇站起身，跟了老人家，下了柳堤，离了湖岸，穿街过巷，走啊走，走到一个极热闹的去处。只见一条街，俱是朱楼，张灯结彩，笑语喧腾。婆婆牵紧了她的手，带她来到一座最高的朱楼前，门前挂着大大一张匾，上面写着三个字：天香院。小青蛇不识字，只听婆婆说：

“就是这里了。”

“啊呀呀，婆婆呀，你们家，像天宫一样好看呀！”小青蛇说。

“不敢当不敢当，”婆婆笑得眯缝了眼，“倒是我们家的女儿们，个个都赛仙女呢！”

一边说，一边领那小青蛇朝里走。里面是绮罗妆成的销魂阵，扑面一股暖香风，熏得小青蛇打喷嚏。只听婆婆扬着喉咙喊："妈妈在哪里？”老鸨闻声探出头，一眼看见小青蛇，眼睛就像灯笼似的点亮了。

“啊哟王婆呀，这样一个仙桃，怎么到手的？”

“这就叫踏破铁鞋无觅处，得来全不费功夫，”那王婆摇头晃脑地笑，“捡来的！”

“人来呀！”老鸨一拍掌，出来两个泼皮汉子，一个黑，一个白，过来就架住了小青蛇的膀子。只听老鸨吩咐："带这小姑娘上楼，好生看管哪！”

小青蛇这才觉出不对劲，可是两个膀子，已经让那两个泼皮大汉，铁箍似的箍住了。“婆婆呀，你哄我，这里不是你的家！”她问着那慈眉善眼的婆婆。婆婆眯眯笑，回答说："姑娘呀，谁说这里是我家？我家哪有这儿快活？这里是天底下最快活的去处哟！”

“放开我！”小青蛇扭头看看左右两个泼皮汉，“不放手我可要生气了！”

那两个泼皮汉，听她这话，不由得哈哈大笑，笑得几乎岔了气，他们哪里知道小青蛇的厉害？小青蛇这下真的生了气，回过脸，一吐芯子就要咬。这一口若下去，那泼皮汉可就没了命。说时迟，那时快，只听“嗖”的一响，什么东西像粒弹子似的飞来，刚巧打在小青蛇的粉腮上，原来是一粒白莲子。就在这时门外忽然起了喧声，有人在门外高声喊道：

“青青呀！青青呀！”

这一喊，让老鸨王婆慌了神，也让小青蛇倍感疑惑：这里有谁知道她的名字呢？正诧异间，一个人闯进来，是一个美妇人，一身白衣裙，鬓边插一朵白珠花，原来就是茶棚里看她玩把戏的那妇人！那妇人冲她一拍掌：“青青啊，你跑哪里去了？你娘找你不着，在我家里，急死了！快跟我回家去！”一边说，一边上来拽她的手，又冲那王婆说：“婆婆哟，头上有月亮，人家好端端有爹娘的女儿，怎么往这院中领？”

虽说是，只一个妇道人家，虽说是，这边有泼皮大汉，可到底是心虚的，何况又不知深浅底细，眼睁睁地把个到手的嫩雏儿放走了。出门来，疾行几步，小青蛇就挣开了那美妇人的手，气呼呼地质问说：

“这位姐姐呀，我没招你没惹你，你为何打我一莲子？”

美少妇一抿嘴，微笑说：

“怪不得人家说，好人做不得，不是那颗白莲子，傻妹妹，你这会儿，早惹上人命官司了！”

白蛇和青蛇，这一对妖孽姐妹，这一对亲人，就这样在茫茫人海中相遇了。现在她们的名字是白素贞和青儿，落脚在杭州城双茶坊巷。姐姐白素贞，开一家绣庄讨生活；妹妹青儿，不会扎花，不会绣朵，就学着帮姐姐烧茶煮饭，兼做一些粗营生。

那杭州城，遍地都是绣庄和绣行，白娘子的绣庄，也并无绝活与出奇之处，生意常常清淡，没银子买米的日子也是有的。白娘子的纤纤十指，绣出了串串血泡，就为挣一口饭吃。青儿感到很奇怪。

“姐姐呀，哪里变不出银子来？为何要与自己过不去？”说着，一弯腰，拾起一块小石头，托在掌心，吹口气，霎时就变出小小一锭银锞子。

白素贞登时变了脸。

“小青儿，你听好了，你若还玩这把戏，莫怪我恩断义绝——你给我从这双茶坊巷滚出去！你走你的阳关道，我过我的独木桥，从今往后，两不相干！”

小青儿委屈地眨巴着眼，不明白她哪来这么大火气。

她缓了缓，长叹一口气，说道：

“青儿呀，不做人，你来人间干什么？”

是啊，她忍受了两千九百九十九年的苦修，是为了做一个人，而不是做一个人间的妖。两千九百九十九年的苦修，是为了灵肉归一，得到一个实实在在平凡的肉身，不再忍受那种非人亦非兽的苦痛和折磨。做人，就是要谨守人这生灵的界限，接受属于“人”的一切命定。如今，她刚刚开始了这做人的生涯，可是却跑来这样一个小蛇妖，时时提醒和破坏着这生涯的尊严和真实感。

“青儿啊，青儿，或许，我真不该救你呀。”她摇摇头。

“晚了，你已经救下了！”青儿气呼呼回答，“反正我是扭股子麻糖——缠上你了！”

青儿是快活的，她热爱人间和这人世的生活，她热爱美景，热爱四时的变化，热爱春花过后还有夏花盛开的那种指日可盼的期待，热爱灯红酒绿和声色犬马。总之，她热爱西天蟠桃园中所没有的一切。虽说第一天她就险遭不测，差点儿被人拐卖进烟花巷，但这一点也没有伤害小蛇妖盎然和昂扬的精神。这小蛇妖，乐观、快乐、简单，没有忧思，欢腾的一具生命有着与生俱来的超越的才具。她热爱自己这欢腾、健康、灵异的生命，也享受这灵异带给她的自由与喜悦。做妖还是做人，在她，从不是个问题。“这有什么当紧呢？”她想。她就喜欢这非人非妖的自己。做一个不自由的人又有什么好呢？她不明白。再说她也真的管不住自己，难免要做一些妖异的事。人家篮中的豆腐青菜，只一运气，便到了她的篮中；没钱买米，还能真的挨饿？摘片树叶，就是枚大麻钱，刚好买一只热炊饼；闲来无事，闷得发慌，就到街市上去捣个小乱：有那骑马的公子，气宇轩昂，不可一世，便兴一阵风，恰将人家的帽子，吹落进一汪污水里；有那坐轿的青天大老爷，鸣锣开道，威风凛凛，便召来只小蜜蜂，飞进轿帘，在人家光灿灿的印堂上，叮一个大包；有那行路过街的老婆婆，一看就来气，个个都像王婆，不管三七二十一，先让人家跌一个跟头；看那乞儿饿得可怜，就让对面五芳斋里一只煮熟的肥烧鸡，横空而过，飞进他的破碗中。乞儿惊呼，老板怪叫，她却一脸无辜欢天喜地回家去。

谁又能拿这小蛇妖怎么样？

“青儿呀，青儿呀！”白素贞恼怒不已，“你快滚回你的蟠桃园去吧，别在这儿捣乱！”

青儿回答道：“我回去，倒也容易，可我放心不下你呀！”

她两只顽皮的清水眼，忽然之间，沉静了。她沉静地望着白素贞，望得白素贞心里，刹那间，波翻浪涌：这是她的亲人，寂寞人世间，唯一的亲人啊。她来到欢腾的人海，可是她的亲人，却只有这一个小小的妖精。

然后，就到了那重要的一天。

这一天，那个名叫许宣或是许仙的美男子，去郊外扫墓，乘舟归来，忽遇骤雨，停船靠岸，遇上两个踏青归来想搭顺船的姐妹。姐姐是个青春寡居的美少妇，姓白，名素贞，妹妹唤作小青，天真烂漫。一见钟情的故事，在许宣和姐姐之间，发生了。

那一场骤雨，成就了一桩好事，一桩人间的好姻缘。小蛇妖暗自窃笑，那逼迫小舟停船靠岸的骤雨，不用说是她的得意之作：她从姐姐眼中看出了一个寂寞女人内心的倾慕和爱意。她当着姐姐的面玩起了翻云覆雨的把戏。她相信，姐姐并没有识破她的小诡计。错了，那其实是白素贞一个充满矛盾和渴望的默许。

为了这个男人，她放纵自己，越出了坚守的“人”的权限。

三

西湖白茫茫一片，船家移船靠岸，雨声中，隐约只听见一声流莺般婉转的女儿声，喊道：

“船家，船家，行个方便吧，让我们姐妹上船去避个雨，可行也不行？”

被骤雨逼进船舱中的许宣，猛听见这娇滴滴的喊声渡水而来，心中诧异，不禁探头一望，白茫茫的雨雾中，只看见两个朦胧的被雨摧折的身影，一白一青，一深一浅，双美并立，站也站不稳，不胜伶仃娇弱。怜惜之意油然浮上这俊俏小生的心头，他刚想说话，却已被船家抢了先。

“小娘子，这船上已有客人了，小老儿不敢自专，还得等我问问客人再说。”

许宣不等他问，忙回答道：

“公公，这样大雨，哪里还顾得虚礼，快请她们上来就是了。”

于是，船身一阵乱晃，一阵动荡，随后就飘来一股暗香，被雨打湿的脂粉香或是花香没有这样清幽缠绵，缠绵的湿漉漉的暗香猝不及防弥散在舱中，像一缕渐渐膨胀的魂魄似的叫人心绪不宁。小生许宣此时已局促得手足无措，忽听方才那娇滴滴的声音又叫起来：

“啊呀呀，姐姐呀，你看这官人，一个人占这么大地方，怎么也不知道谦让谦让？”

“青儿休得无礼！”

另一个妇人的声音制止了她。那声音，珠圆玉润，沉稳安静。许宣不由得抬了下眼睛，看见了那一身白衣白裙的女人，头戴孝头髻，几根素钗环，分明是个守寡的小娘子。只见那小娘子深施一礼，道个万福，开口说道：

“我家妹子少不更事，还望官人恕她冒犯无礼。”

“娘子多心了。”许宣忙不迭还礼。

活了二十年，许宣还是平生第一次与一个陌生的女性说话。平日里，许宣听惯了姐姐由于操劳而变得嘶哑的声音，听惯了隔壁卖茶水的婆婆吆喝生意的粗喉咙大嗓门儿，这娘子的声音，就像一粒一粒珠子，琳琅地四处滚落，让他不能自已。

“官人哪，我请问你，”又是那个冒失的妹妹莺喉婉转地开了腔，“你一个人，是游湖呢，还是踏青呢？”

“有劳小娘子动问，”许宣忙又唱个喏，“我是去父母坟上，祭扫回来。”

“哦哟得罪得罪，官人原来是个伤心人哪！”珠圆玉润的声音又一次温存地、慨叹地响起来。

就这样，一来一往，一问一答，他们竟水到渠成地攀谈起来。许宣也知道了她们的一些底细，知道了这一对姐妹也是去祭扫的伤心人，祭扫那撇下这如花美眷撒手西去的短命鬼。雨势小下去，变成了淅淅沥沥的寻常春雨，船此时早已离了岸，船桨吱呀着摇向前去，摇向那个人人都知道的结局，命中注定的结局。后来，许宣多么庆幸自己带了一把破油纸伞，就像一个预谋一般。那伞，是清早出门时，姐姐硬塞给他的。他原本不想带，嫌累赘，姐姐嘶哑着嗓子说：

“新衣衫颜色娇，着雨就落色，怎不知道个爱惜？哪有闲钱总做新的？”

现在，这破油纸伞，撑开来，大大的昏黄的一柄，伞下是那两个邂逅相逢的美娇娘。船迤逦靠岸，雨却仍然不住，许宣二话不说便将自己的伞借给了她们，还替她们垫付了船钱。两个人，深深道谢，那妹妹朗声说：

“官人哪，你记下，箭桥双茶坊巷，白氏绣庄，那就是我们家。明日借你贵步，来拿伞吧！”

第二天，晴天朗日，大好春光，许宣去了那双茶坊巷。本来，一把破伞，能值几何，是不好意思去向人家讨的，无奈姐姐嘴碎麻烦，为一把伞唠叨了大半宿。更要紧的，是许宣自己几乎一夜无眠，满耳都是那珠玉般的声音，滴落着，如同更漏。此时，远远看见那白氏绣庄，一座小木楼，静静地，挂一面幌，屋檐下，立着一个女子，走近了看，不是那伶牙俐齿的妹妹青儿又是谁？

“啊呀官人哪，你总算来了，我的脚都站酸了，”那青儿娇嗔地开口道，“你若是不来，我可到哪里去寻你呀！”

那白衣的娘子，不见踪影，青儿立在门外，倒像个把门的小门神。许宣不知为何一阵压不住的失望。“喏，还你伞。”青儿说着将一柄伞往他怀里一送。

他有些失魂地将伞接过，转身就要离去，只听那青儿在身后喊道：

“哎哎哎，你也不看清楚，可别回头怪我们弄坏了你的东西呀！”

这一喊，倒是提醒了他，低头一看，手中这柄伞，有些不寻常——他的那把破油纸伞，哪里有这样齐整、这么簇新鲜明？

“哎小娘子，这不是我的伞。”他忙回身，对那青儿说道。

“咦，你这个人，怎么不认得自家的东西？”青儿诧异地竖起了蛾眉，“这伞，不是你的，莫非是我的不成？”

“果真不是我的。”

“你看看你看看！”那青儿一阵数落，“这把伞，是清湖八字桥‘老实舒’家所制，八十四骨，紫竹柄的上好油纸伞，不是你的是谁的？昨日，你将它借与我们遮雨，今日，我无破无损还给了你，两下里交割得明明白白，你怎么还这样啰唆？”说完，理直气壮掉头而去。

许宣愣在了那里。清湖八字桥“老实舒”家的紫竹伞，是伞中的名品，他沉甸甸地将它抱在怀里，丈二和尚摸不着头脑。也许，那娘子，是用这方式还他垫付的船钱吧？他端详那伞，簇新、漂亮，新鲜油纸的香气一阵一阵扑入鼻端。他不禁撑开了它，大大的碧绿的一柄，像香气四溢的大荷叶，遮住了他头上的天。只见那紫竹伞骨上，用丝绦拴着一样东西，一件绣品，粉嫩、娇艳，垂下来，原来是一只鲜明耀眼的荷包，上面绣着戏水的五彩鸳鸯，还有，并蒂的盛开的莲花。

霎时，他眼中涌出泪水。

晴天朗日下，这个狂喜的官人，这从小无父无母的少年人，举着一柄雨伞，久久仰着头。那天，杭州城内许多人都看到了这奇怪的景象：一个人撑着雨伞走在万里无云的晴空之下，不住地嘿嘿傻笑，眼里热泪长流。

第二章

惊破天

公元一九九九年，杭州城疏浚西湖，决定重建雷峰塔。自从这个决定宣布之后，杭州人的眼睛和心思就集中在那片废墟下面——因为人人都知道，雷峰塔下面有一个公开的秘密。无数的杭州人都暗暗猜想：不晓得那个地宫里到底有没有一条大白蛇？不晓得塔底下到底有没有什么别的秘密？

考古学家们小心翼翼地剥开土层，掀起石板，打开了塔基下面用白膏泥严密封闭的井穴式地宫。随着一股密封千年的气息扑面而起，久违的阳光在人们眼前照亮了千百年的猜测和传说：

彻底锈蚀的铜钱，像一层绿色的粗砂，厚厚地铺满了所有的台阶和地面，一脚踩下去，就像是在雪地上印出一个深深的脚印。在地宫四面石壁和天顶的石板上，都是密密麻麻精心雕刻的《金刚经》。地宫正中是一座青玉雕砌的七层祭坛，祭坛的神龛上供奉着青铜龙莲座释迦牟尼坐像。祭坛的每一层都摆满鎏金的铜灯、铜杯、铜盘、铜香炉。一盏盏的万年灯锈迹斑斑地擎着千年的寂静，当年杯盘里的供品也早已经腐化成无法辨认的灰烬。祭坛最高处安放一座鎏金纯银阿育王塔，塔内有一只纯金宝盒，宝盒里藏着佛螺髻发舍利。在阿育王塔底座下有一个密封的石槽，槽内注满了蜡，蜡芯内贮藏着一根晶莹剔透的白色玉管，拔开对插的玉管，里面是一卷完好如新的印制经文——《一切如来心秘密全身舍利宝箧印陀罗尼经》。考古学家们照相、测量、绘图、编号，一件一件地登记出土文物。就在大家以为一切都已经结束了的时候，有人拿起了供放在释迦牟尼坐像下面的一只紫铜钵盂，不知为什么钵盂里盛满了骨灰，在绿锈斑驳的钵盂下面又发现了一个同样注满蜡的密封石槽，挖开蜡芯，看见一个红色的漆器封盒。考古学家们随后把这只漆器封盒带离了现场。当他们在自己的研究室里小心翼翼打开封盒的时候，看到一卷毫发无损的绢书，在绢书微黄的封面和内页上赫然留有用毛笔书写的漆黑的梵文，等到请来梵文专家翻译了这些文字之后，他们认定自己看到了一件惊天动地的文物——

《法海手札》。

现场所有的观看者都惊讶得目瞪口呆，现场所有的观看者都认为这根本就是不可能的。一个口口相传的神话故事，怎么可能真的得到考古学意义上的真实物证？难道那些关于白蛇、青蛇、法海的故事竟然真的在历史上发生过？消息不胫而走。杭州城大街小巷轰动不已，久久难平。为了慎重起见，考古学家们共同决定，等到他们彻底研究、有了结论之后，再把《法海手札》公布于世。

三年之后，新塔落成。四年之后，佛螺髻发舍利重新回奉雷峰塔地宫。五年之后，二〇〇四年九月二十五日，雷峰塔倒塌八十周年之日，杭州城隆重举办了纪念雷峰塔重生的法事。杭州市佛教协会拜托杭州市政府，轻而易举地从电脑网络上找到了我，因为那一天是我八十岁的生日。市政府的年轻人十分惊讶地发现，在这天零点以后出生的孩子多达一百零八人，可是，现在全杭州城在八十年前同一天出生的人只有我一个，他们猜想，很可能别的人不是已经迁离，就是已经去世了。八十年前只此一人的缘分，让主持法事的空云大法师深为动容，他亲自登门拜访，特别郑重地邀请我参加雷峰塔重生法事。

我问道："法师是怎么找到我的？不瞒法师说，我已经有将近五十年没过过生日了，这个日子，我自己早已忘干净了。"

空云法师闻言，微微一笑："老衲亦有所耳闻，施主一生，是有些经历不堪回首，想来这个日子，一定给施主带来过大烦恼，可对？"

"往事如烟，俱往矣。"我亦微笑着回答。

"施主聪敏，"空云法师仍然笑着，说道，"何谓'往'，何谓'不往'？就拿雷峰塔说，施主与它的际会因缘，是'往'还是'不往'？那被压在塔底的白娘子又是'往'还是'不往'？"

他的笑容，平静、悠远，像秋天慈悲的阳光，那一刻，慈悲的阳光直照心底，照亮了五十多年前的那株梅花……如风的岁月中，残花如雪缤纷落地，我被深深触动了。"多谢大师指点，"我缓缓说，"'往'与'不往'，不过在一念之间，看来我是真得要去会一会这雷峰塔。不过……”我对着法师双掌合十深深一拜，“恕我倚老卖老，我有一个小小的请求，希望能在雷峰塔重生之日，一晤还没有公开的那封《法海手札》的译本，不知法师允不允许？”

“那是施主和它的缘分。”法师颔首回答。

打开那封手札的时分，夕阳斜挂，菩提婆娑，整座雷峰塔沐浴在温暖慈祥的秋阳之中熠熠生辉，宛如一个新生的婴儿。一切都在机缘命定之中，我抚摸那手札，泪花在我眼中像金色的飞虫闪烁。此时此刻，我相信，我抚摸着自己的前世前生；此时此刻，我相信，天下一切生死、一切善恶、一切爱恨、一切取舍，都可释怀于无常之海的慈航；此时此刻，我相信，眼前这个世界，本无奇迹，所谓奇迹，只存在于一次又一次死去而又重生的传说之中。“我的亲人们啊！”我百感交集地在心里这样呼唤着云天外的他们。

《法海手札》

妖为鬼蜮必成灾，这是一条举世公认的真理。

我是一个除妖人。

贫僧法海，金山寺住持。未出娘胎便失怙，是遗腹子。未满周岁，母亲即改嫁，像丢一只猫一样将我丢在庙院山门外。冬寒清晓，我被冻得只剩一口气，师兄出来挑水，差点儿踩死我——我恨女人，这是我顿悟之后才看清楚的自己深藏一生顽固不化的执迷。

吾师慧澄，是一位高僧。他说我前世是西天佛祖座下的弟子，领了佛祖的金旨，下凡往东土震旦除妖，这便是我的今生此世。做一个除妖人，是我今生此世的使命。那时，我年纪尚小，听了这话，将信将疑，心中很是害怕，就算是真的，我又哪里担得起如此重任？我问师父：

“妖精长什么样子，我哪里认得出它们？”

师父回答说：

“汝有慧眼。”

但我不知道那慧眼何时睁开。

师父带我云游，不去名山胜川，专往热闹繁华处走。师父说，大隐隐于朝，中隐隐于市，藏在荒山野岭之中的，俱是一些不足挂齿的小妖小怪。我们来到京城，其时，昏君当道，任用权臣酷吏，残害忠良，欺压百姓，行的是暴政。一路行来看到的俱是不平事。我问师父：

“妖可在京城？”

师父答曰：“用汝慧眼。”

忽见一团烟尘滚滚而来，原来是一支马队，只听人们纷纷喊：“张衙内来了！”避之如虎狼。为首那人，身穿大红锦袍，骑一匹四蹄踏雪的大黑马，在闹市人群中，横冲直撞，如入无人之境，那马一头撞翻一个躲不及的卖炊饼的老汉，十几骑马从老汉身上踏过。马队一溜烟过去，老人倒在尘埃中，七窍出血。我愤愤不平，说道：

“这衙内，必是个妖精。”

师父答道：“差矣！那不过是个肉身凡胎的小小恶徒而已。”

我又说：“那他的老父，当道权臣，必是妖孽！”

“否，”师父又道，“那也不过是个肉身凡胎的恶人罢了。”

“那，”我冲口说，“妖在龙廷，是君王。”

师父大惊：“休得胡言！君王是上天之子，怎会是妖孽？痴徒未悟啊！”

我郁郁不乐。京城有座铁马寺，是座古刹，我们就下榻在那里。铁马寺住持和吾师慧澄是老朋友，也是有道高僧。他们日日讲座参禅，拈花微笑，空明澄静。我却被“谁是妖孽”这问题滋扰着。忽一日，娘娘来铁马寺进香了。这娘娘，是当今圣上最心爱的一个贵妃，三千宠爱集于一身。前一天，城里即清街跸道，通往铁马寺的大路，铺了细细一层水洗过的黄沙，阳光一照，金灿灿一条路。铁马寺内，则是红毡铺地。一干小沙弥，都被圈在后院，不得出入。唱经的僧众，人人一领新袈裟。我也夹在唱经的队伍里，这是铁马寺住持特别的恩许。一阵香风袭来，那香，不是花香、脂粉香，更不是庙堂香炉里焚烧的檀香、伽南香。我被那不明就里的香气一下子熏得乱了方寸。我忍不住偷偷抬起了眼睛，这一眼，我永世难忘——我看见了一个让世界迷乱的仙姬！还有那香气的来源出处——那是让魂灵出窍的女人的肉香。

刹那间我如醍醐灌顶，心中的慧眼张开了。

我在佛堂念了一夜《金刚经》。天明时分，我来在师父的榻前，哑着喉咙对师父说道：

“我看见妖精了。”

那一天，对我和师父来说都是一个特别的日子。他把我带进铁马寺后院一间秘密的静室中。四壁没有窗户，门是唯一出口。我们一走进去，师父就把门紧紧闩上了。密室像黑夜一样黑，我摸索着点上了蜡烛。这时我看到师父手里捧着一只钵，那只紫铜钵盂，我再熟悉不过，从我记事起它就在师父身边，貌不惊人，却从不离师父左右。只听师父对我说道：

“拿水来。”

屋角有一口缸，缸里有井水。我舀起一瓢，不知道师父要我做什么。

“倒进钵中。”师父吩咐。

我把水注入钵里。师父双手捧着它，渐渐地，水面上升腾起一缕缕白汽，白汽散后，钵中的水，变得至清至澈。

“这只钵盂，乃佛祖所赐。你看它：外周四际，能结万缘，贮水于中，即成明镜。用它拿妖，原形立现。”

师父一边说，一边捧它面南而立。我用手指蘸了一下钵盂中至清至澈的甘露，放在舌尖，舔了一舔，立时感到一种通体透明的凉爽和快意。我凝视着水面，看它渐渐浮出一个幻影，一只火红的狐狸，出现在钵盂之中。

火红的、尖尖的小嘴，媚长的眼睛，十分安静。是一只九尾狐，九只蓬松的大尾巴，成扇形，像开屏的孔雀一样突然竖了一竖。我又闻到了那妖异的令我动荡的肉香，这让我愤怒。

“师父，妖精在此，还不快用此钵，逼它现身？”

师父却不慌不忙，慢慢道来：

“当年妲己，就是一只九尾妖狐。此种孽畜，最会祸乱人间，迷人心性。不过，也是合当有此劫，当今圣上和这孽畜，在前世本有一段孽缘，如今孽缘未满，待孽缘完满之日，我会收伏此妖。”师父说着抬起了眼睛，那眼睛里掠过了一种我不能了解的东西。“收服此妖，我一生的功业也就了啦。这钵盂，就该交与你手中了。”

我明白了师父为何要带我来京城。他日日于莲台之上，打坐参禅，无忧树下，拈花微笑，其实却身负使命。自那日之后，他再没有对我提起“妖姬”这两个字眼。我们师徒，在那铁马寺中，一住就是三年。三年里，我修习各种功课，领悟佛法真谛。而师父，与那铁马寺住持，仍旧是日日高坐，谈经说道。秋天又来了，禅院中那一棵桂树，开了一树的桂花，香飘十里。这已经是我第三次见它开花。月亮，也快到它一年中最圆的那个时辰。俗世的人，要过中秋节了。忽一日，师父不见了。铁马寺住持说，慧澄高师于后院静室中闭关，任何人，不得骚扰。我的心突然怦怦怦一阵急跳，血涌到了脸上。我知道，那一刻，到了。

我悄悄潜入后院，在静室门外，静静打坐。

一连七天。

第七天晚上，月亮升起来。是好月亮，一年中最圆的那一轮圆月。佛院外，一定是笑语喧喧，管弦动地，热闹非凡。女人们用月饼、鲜果供月拜月。月上中天之际，飘来一层薄云。薄云散去时，月已西斜。就在这时，静室的门“呀——”一声开了。皎皎月光下，我看见了师父。

“进来。”师父说。似乎早已知道我就在门外守候。

我进去，师父的样子，却让我大吃一惊。幽幽一盏灯下，师父大汗淋漓，面若死灰，犹如虚脱一般。一领灰色袈裟，前胸后背，均已被汗水浸湿，最醒目的，是前襟上的斑斑血点，乍一看，像点点红梅瓣。血让我心乱，我不知道那是谁的血，我哑着嗓子叫了一声：“师父！”师父点点头，趺坐在蒲团上，对我一笑：

“了啦。”

然后一口血喷涌而出，喷溅到我的袈裟上。我扑上去，抱住师父。我哭了。师父推开了我，说道：

“法海，你看那钵盂。”

钵盂就在案上，那个刚刚血战厮杀过后的战场，静静的，幽幽的，令我害怕。我探身过去，看见一钵血水。血水中，沉着那九尾妖狐的幻影。那妖狐，那长着媚长眼睛的妖狐，遍体鳞伤，九条不可一世的尾巴，耷拉着，奄奄一息。我的心奇怪地跳了一下。只听师父说道：

“此孽畜，已去了它该去的地方。”

话音落地，钵盂中的水，清了，九尾妖狐登时不见了踪影。

“法海跪下！”师父的声音忽然变得威严。我应声跪倒，只见师父的脸，从未有过地冷酷。他一身血污，端坐着，缓缓地从怀里掏出一样东西，那是我从没见过的，一只七宝玲珑小塔。

“法海接宝！”冷酷的声音。

我伸手去接，师父却并不递给我。他盯着我的眼睛，问道：

“你可知这宝塔的来历？”

我摇头。

“这宝塔，也和这钵盂一样，乃西天的宝物，高不盈尺，中奉万佛，是镇妖之器。我奉佛祖金旨，将这两件宝物，传与吾徒法海。记住，你将承继我的衣钵，你是一个人间的除妖人——”话未说完，又一口鲜血，从师父口中，喷溅出来，七宝玲珑塔，被我师父的鲜血，染红了。

我泪如泉涌。

师父望着我，依依不舍。我已看不清师父的脸，二十年朝夕相处的脸，就要弃我而去。我扑上去握住师父的手，不忍松开。只听师父长叹一声，说了声：“痴儿啊！”忽然命令说：

“法海，捧起钵盂！”

我哭着捧起了那宝器。

“喝一口！”

我俯下脸，眼泪滴在那钵盂里，“滋”地化成白汽。

“喝！”师父命令。

我“咕咚”喝了一口，一大口。霎时，血冷了。五脏六腑，忽然空明寒澈。眼泪干了，泪痕留在脸上，变得像冰一样冷硬。

吾师慧澄无限慈爱地微笑了。

“记住，你是一个铁面无私的除妖人！切记不可因小善而忘大义！”

当晚，吾师慧澄圆寂。第二天，就传来那贵妃娘娘薨逝的消息。

我做了金山寺住持。

这一做，就是十年的光阴。

寺外，山坡上，一片松林之中，安葬着我的师父——我灵魂和精神的父亲。我常常去那座比丘塔下，向他默默诉说。十年来，我毫无建树。我看到的都是人间的罪恶、人的恶行，可那是我无能为力的，也不是我的宝器能够施展的。那七宝玲珑塔，沾着我师父鲜血的塔，藏在我怀中，犹如不能出鞘的利剑；那钵盂，也从不离我左右，贮水于中，照见的只不过是我自己的脸。渐渐地，它们变成了我自身的一部分，成为我身体的延伸，寂寞，无用。

我想念师父。

我知道，这人世间，一定有属于我的那一搏。我是为此而生，为此而来，那就是我的“业”，吾师就是我的榜样。漫漫长夜，风入松林，就像我的叩问。我曾问师父：“我的时候，到了吗？”师父的回答是微妙的：“时候到了，汝自会知道。”可我真的能“知道”吗？我不敢确定。尽管师父描绘了我的前世，然而，此生，我终究只是一具肉身凡胎。

我决定去云游天下。我没有带徒弟，只身一人。起初，我决定朝北，去金陵，去汴梁。但是在我走到半途的时候忽然转了方向。我开始向南，这是一个命运性的转折。那时我还不能确定，直到，我来到那个被称为“人间天堂”的城市——杭州，直到，我碰到那个叫许宣的人。那一刻，我知道，是师父引领了我。他将我引领到了我的对手、我的命运面前。

那是夕阳西下的时分，传说中的西湖摇荡着一池金波，就像是瑶台美景。那个刚刚买了两朵珠花的人迎面走来，他脸上，有一种欢愉至极、沉浸于幸福的神情。那是罕见的，我在俗世的男人们脸上从没有见过。我们擦肩而过，我隐隐闻到了一种异味：那是曾经让我心乱的味道，多年前的香气，那是让魂灵出窍的女人的肉香。

恰在此刻，灵隐寺的钟声，敲响了。梵音响了。

阿弥陀佛，我找到了它——三千年作怪的蛇妖。

第三章

香柳娘

一

有个人总是频繁出入于粉孩儿的梦中，笑吟吟地，对他说，一日不见如隔三秋呀。

粉孩儿不喜欢这个梦，它让他心忧。

其实，那句话，她并不是只说给粉孩儿一个人听的，她喜欢这样文雅地说话。看见鸡，她这样说，看见羊，她也这样说。清早，站在露水未干的菜园里，和肥厚的南瓜花、纤细的豆角花、还没长成的小黄瓜，她都是这样打招呼的，就连自己的影子，她也从不怠慢，连阴雨过后，或是雪后初霁，太阳一出，她就会像对一个老朋友似的，和自家的影子来一阵亲热的寒暄：

“我说你好啊，可有日子不见了，一日不见如隔三秋呀！”

粉孩儿第一次撞见香柳娘和影子说话，就是在她家菜园子里，她一边摘豆角一边嘴不拾闲地和那些不会应答的东西快活无比地闲聊，和虫咬过的菜叶、绊脚的豆秧、沟渠边的水草、小土坷垃、竹篱豆架、水桶扁担，还有影子。粉孩儿从竹篱边经过，刚好听到了她的絮絮叨叨。她那张快活的笑脸，被清新如水的日光洗得晶莹透明。她抬起眼，看见迎面过来的粉孩儿，高兴地说了一声：

“一日不见如隔三秋呀！”

粉孩儿愣住了，不知道该如何回答，那是香柳娘第一次和他说话，没头没脑的，他们明明是天天见面，他昨天晌午刚刚吃过她做的莜面饸饹。他动动嘴唇，还没有来得及发出声音，她就已经低下头去把他抛在脑后了。

后来他恍然大悟，那一刻，那个早晨，她是把他当成一棵树、一株庄稼、一只飞鸟，或是别的什么不会说话的东西了。

她家菜园，开在一片高地上，毗邻着河神庙，后面就是学塾，青砖灰瓦的四合院中常常传出她爹爹诵诗的声音，还有学童们朗朗的读书声，所以这菜园中的瓜果菜蔬，长得似乎都比别处斯文清秀些。从这里眺望，可以看到那条十分开阔的大河，阴雨时茫茫苍苍，而雨后初霁的晴日，则是耀眼的一条金河，连河心中那块巨大的碛，连泊在岸边的木船、皮筏，飞翔的飞鸟、行走的驼队，都是金色的。那是让香柳娘喜爱的景致，她常常动情地对着它们喊道：

“一日不见如隔三秋呀！”

远远地，有人赶着羊群过来了，是个秃头小子。他看见站在高处一片菜花之中的香柳娘，仰起头嘻嘻笑着喊道：

香柳娘，香柳娘，
一腿短，一腿长，
嫁个汉子是螳螂，

眼泪汪汪拜花堂！

香柳娘听见了，一点不生气，她望着那一群咩咩叫的绵羊说："快去西坡吧，西坡里有好苜蓿！"

又有人赶着猪过来了，也是个拖鼻涕的小子，破衣烂衫的，他看见了高处的香柳娘，忍不住也顺嘴唱起了那歌谣：

香柳娘，香柳娘，
一腿短，一腿长，
嫁个汉子是水缸，
眼泪汪汪拜花堂！

猪群哼哼着，这次香柳娘没有搭话，她不怎么喜欢猪。

香柳娘生下来就是个残疾，落生时，先出来一条腿，收生婆费尽九牛二虎之力，才把她接引到人间，那另一条腿据说就是让收生婆给生生地撅折了。不撅折没办法呀，她娘已是奄奄一息。这瘸腿的、残疾的小女孩刚一落地，她娘的鲜血就像血河一样奔涌而出，止也止不住，接生用的红木脚桶说是都让血给冲走了。只可惜这河是条貌似旺盛的断头河，她娘还没来得及睁开眼睛看一眼这拼了性命来和亲娘相会的亲生骨肉，就血尽气绝，撒手西去了。

收生婆将一身血污的婴儿洗净了，抱给她爹看，她爹呜呜哭着说了一句："妖孽！"然后就把这小妖孽一把夺过来摔在了地上。

后来，有许多次，她爹抚摸着她柔软的小黑脑袋，一遍遍地，跟她讲起往事，讲起当年他狠心的那一摔。她爹说道：

“儿，你恨不恨爹爹？”

她心疼地、怜惜地伸手摸摸爹的胡子、脸颊，回答道：

“爹爹呀，一日不见如隔三秋呀！”

泪水蒙住她爹爹的眼睛，她爹爹想，都是那一摔，把冰雪聪明的一个孩子脑筋摔坏了，摔傻了！

可是也怪，这残疾的、蒲草般贫贱的孩子，却生性无比快活。再没见过比她更快活的孩子，天生不会哭，只会笑！当年的收生婆曾四处对人说，她一落生时那嘹亮的哭叫，听起来更像是喜庆的开怀大笑，“哈哈哈、哈哈哈”的，怨不得她爹爹吓得叫她妖孽呢！她笑着一天天长大，瘦小、畸形，走路一瘸一拐，却生机勃勃，敏捷得像一只林中的松鼠。脖子很细，前额突出，肩膀一高一低，可仔细看，她眉目其实是清俊的，是那种无人识别的清澈见底的俊美，美得一尘不染。

她喜爱说话，却不喜欢和人搭腔。她只爱和人之外的那些生灵、生命交谈。她文雅地和它们说话，十分快活，而它们的回答，只有她一个人能够听得懂或者领略。有时她隔着山头和另外一座山上的树大声打招呼，一个人自说自话，却有呼有应，听上去很热闹。偶尔安静下来，她脸上则常常有一种聆听的表情，她会把耳朵贴在树干上，或是贴在草皮上，这种时候她显得很静，好像她已经走了很远，那个静谧的地方是所有头脑正常的人抵达不到的。

人人都叫她“痴女”，孩子们则肆无忌惮地拿她取笑，笑她的残疾和痴。但这取笑若是被大人们听见了，是会被呵斥和制止的。这是一座仁义的城，何况，打狗还看主人呢，她爹吴夫子虽说是个屡试不第的老秀才，却总是一介读书人，开着塾馆书院，地方上多少个孩子是在那塾馆中开蒙进学的，多少个孩子是被她爹的戒尺打得开了窍的，更何况，吴夫子还调教出了一个神童般的举人。这残疾的痴女，说来，竟是她爹的掌珠和命根。就是为了她，她爹誓不再娶，怕这可怜的畸零儿落进后娘的手里遭罪。也就是在知道了她不光瘸还是个痴儿的时候，她爹望着飘飞的柳絮，含着热泪给她取了一个香艳的、风情万种的名字：香柳娘。她爹想，这可怜的、一无所有的丫头啊，他要给她一个最艳情的名字来陪伴她凋零的一生。

这香柳娘，虽说残疾，却十分勤快能干。学塾里，有五个寄住的童生，另有七个中午寄饭的，还有十几只鸡、两只羊，所以，香柳娘要做的事情就很多。她要帮做饭的杨二叔打下手，要喂鸡放羊，要洗七八个人的衣衫，要侍弄这蜂飞蝶舞的小园子，种瓜点豆，夏种萝卜秋种菜，从早到晚不让自己闲着。说来也怪，人人都说她痴，可她做起活来，却似乎是无师自通，极聪敏。拿这菜园来说，该种萝卜了，就种萝卜，该起山药了，就起山药，仿佛自然天成。谁也没有教过她，谁也没有追究过这些——谁有闲心追究一个痴女呢？人们只是为她庆幸，觉得这傻丫头总算还不是只会白吃饭，说不定有一天还会碰上个什么人家嫁出去，这方圆多少里，傻子、瘫子、没钱的老光棍还是有一些的呢。可是，谁也没有预料到的一天来到了。

那是一个夏天的黄昏，学塾里散了学，人都走光了，粉孩儿一个人落在最后边。他向来独来独往，同窗们谁也不喜欢这个阴沉的罕言寡语却又总是拔头筹的少年。经过菜园时，他看见香柳娘一个人忙活着，拖着一条残腿，却蹦蹦跳跳的，掐掐这儿，弄弄那儿，她的手，红润、结实又纤巧，上下翻飞，像两只翩跹的大蝴蝶。四周，瓜棚豆架，一畦畦青菜，又静谧又清香。一句话从粉孩儿嘴里蹦出来，他几乎从不主动开口和人家说话，那还是破天荒第一次：

“香柳娘，是谁教会你做这些的?”

香柳娘抬起头来，笑眯眯看着他，她看得很深，又似乎漫不经心。他心里一阵狂跳，等待着一个决定性的回答。果然，她抬头用手指指头上还未长成的小金瓜，毛茸茸的，还只是翠绿的小果实，回答说：

“一日不见如隔三秋呀!”

二

就是从这一天起，香柳娘潜进了他的梦中，静谧，清香，让他心忧。

她说来就来，毫无预兆，头一次，大约是路还不熟的缘故，她到来时已是黎明前最黑暗的那时辰，她的鞋，还有头发，都让露水打湿了，夜露也让她的眼睛更黑更明亮。她站在一个似曾相识却又眼生的地方，那儿像一个花园，又像一个菜园，因为赶路的缘故娇喘吁吁，笑眯眯望着他，对他说：

“一日不见如隔三秋呀！”

话音刚落，谯楼上就打起了五更的梆子，梆子一响她就不见了。他睁开眼，四周还留有清香的余波。后来她来得就早多了，他刚睡稳，她就不期而至，潜入他梦魂的黑路慢慢变得像回家的路一样熟悉。他看不到她拖着腿一瘸一拐走路的样子，所以她站在他面前一点也不让他想起“残疾”这字眼。她笑眯眯的，对他不厌其烦重复着那句话，“一日不见如隔三秋呀”，他知道那是一句至关重要甚至是性命攸关的话，可他就是不懂。

白天，在书院里，他却捕捉不到一点蛛丝马迹。她待他，就像待所有的学童书生一样，端汤送饭，却不交一言，好像他们并不认识。她的话，是从不说给人听的，除非她一时兴起误把人当成羊马或者树木山石。她嘴里念念有词，端着一只荆条编成的大笸箩，里面是刚出笼的莜面菜饺或是玉米面窝窝，热气腾腾。热气把她的脸遮没了，把她的话遮没了，热气也一下子弥散在书房里，散发出新鲜粮食的香味，所有人都听到了自己腹中咕噜噜的响声。那一刻，她就是食物。

谁会在意她的絮叨呢？她的絮叨，落叶般的絮叨，任人踩踏。只有粉孩儿试图从那颠三倒四和纷纷扬扬中辨别出深意。有一次，他听她说："胡瞻尔庭有悬貆兮？"十分清晰，让他愕然不已。可这仍然解不开困扰他的那大秘密。他回到家中，四处查看，看见厨房墙壁上挂着几只风干的羊腿。可这又能说明什么呢？他很怅然，久久瞧着羊腿。那天夜里，她仍然来了，还是重复着那句老话，没有注解。

有一天中午，到了开饭的时间，却不见她的影子，这是从没有过的事。是厨子杨二叔亲自出马把汤汤饭饭端进书房中来的。那日，他们吃的是小米捞饭和蒸山药蛋，下饭的菜只是一人一小碟从咸菜缸中捞出的酸菜。杨二叔抱歉地说：

"香柳娘找她的鸡去了，我独自在家，忙不过来。"

"鸡怎么了？"塾师吴老先生忙问杨二叔。

"跑丢了！"

"这个丫头，一只鸡，丢就丢了吧，可别把自己跑丢了。"她爹有几分担忧地说。

一下午，先生心神不宁，总是向纸窗外张望。心神不宁的人还有一个，他焦躁地看着日影，觉得它简直就像睡着了一般一动不动。那天他们散学比平时要早，出了门，他没有回家，而是信步朝他喜爱的大草滩那边走去。忽然他看见了她，远远地，一瘸一拐，迎面走来，怀抱着一只芦花小母鸡。他突然撒腿朝她跑了几步，又突然站住了。夕照中，她汗流满面，黑发湿透了粘在额上，衣衫和鞋满是黄尘。她一定是走了很远的路，可一只鸡怎么会跑那么远？又不是鸟。他望着她，可她好像不认识他一样，扬着一张快活的笑脸，从他身边照直走过去了。他听到她嘴里一直在说话，絮絮叨叨的，听不清说些什么。忽然她一回头，也不知是不是在和那发愣的尴尬少年搭腔，只听她说道：

“你不认识路呀？”

他一怔，忽然像被电光照亮一般豁然开朗。血涌上他一向苍白的面颊，那一刻他很鲜艳。他目送着她一瘸一拐的小身影，一个黑色的秘密在辉煌的夕照里像花一样通俗易懂地绽放了。

这天夜里，他出发了，去寻找香柳娘的梦魂。他以为那是一条黑路，却不是，奇怪那竟是十分明亮的一条路，鸟语花香。路边，长着许多他叫不出名字的树和花草，他沿着这条路走，起初有些犹豫，不知道这条路是否能到达他想要到达的地方。就在这时一只鸟极其嘹亮地叫起来，他一抬头，原来不是鸟，是那只漂亮的、失而复得的芦花小母鸡。他一点也没有奇怪母鸡怎么会栖在树上，怎么会发出鸟一样嘹亮的叫声，他反而高兴起来，因为知道这不是一条歧路。

当草滩出现在他面前的时候，他的心狂跳不已。这熟悉的、亲爱的大草滩，竟洒满阳光，她坐在草丛中，抱着膝盖，身边是她的羊、她的小母鸡。她朝他微笑，看他一步步走近，他站在她面前了，只听她高兴地叹息一声：

“你来了！”她说，“一日不见如隔三秋呀！”

他几乎流泪。他终于找到了她，他走进了她的梦魂。他学她的样，坐下，草滩竟是从没有过的柔软，草香在阳光中蒸腾着，令人微醺，像饮了酒。他坐她对面，仍然有些羞怯。她目不转睛地凝望他，忽然伸手轻轻摸了一下他的脸。

“你从来没有笑过，”她开口说，“你为什么不笑？”

他摇摇头。“我不会。”他回答。

“可怜的人。”她这么说。

眼泪就是在这时流下来的，扑簌簌的，又大，又沉重。他沉默地哭了一会儿，然后拉起了她的手，说：“来。”他拉着她的手带她走进了那片黑暗的树林，他最隐秘的狂欢之地，他最隐秘的悲情和羞耻之地，他带她走进最深处，来到一棵大树下。那是一棵俊美的老橡树，结满橡实，是鸟儿们的乐园。他抬头朝树冠上张望，松开了她的手。他开始朝树上爬，她在下面看着。一眨眼工夫他就没进了浓密的树冠之中，他用两条腿缠绕住了树枝，身子静静匍匐了一刻，他感觉自己在发抖。他的抖动让树叶发出“沙沙”的轻响。突然他身子一耸，“嗖”一下，顷刻间把自己像皮条似的弹出去了，像箭矢似的射出去了。猎物被噙在了他的齿间，扑棱棱尖叫着拍打翅膀，血的腥甜一下子溢满口腔，让他狂喜又羞耻地战栗。他“啊——”了一声，猎物应声坠地，他感到一种不可阻挡的巨大又惨烈的激情，那是他这一具人的身躯根本无法承载的。他发疯似的将自己一次次弹出去，射出去，那条罪恶的、红如仙草的长舌一次次出击，他忽左忽右，忽上忽下，忽伸忽缩，就像在跳一个诡异又热烈的舞蹈。猎物一只只坠落在地上，有的拼命挣扎，有的已经咽气，羽毛纷飞，像哀伤的音乐。整个树林被这哀伤笼罩，被这死的巨大激情和恐惧笼罩，被千载难逢的大宣泄大裸露笼罩，成百上千棵树，橡树、槭树、杨树、核桃树，还有黄栌和红桦，呜呜地哭着，摇动着它们繁密的枝叶，纷飞的百鸟也惊恐万状地哭泣。而那舞蹈着的身体也发出某种奇怪的响声——那身体也在哭。

终于，仿佛突如其来，那狂舞的身子静下来，瘫软下来，匍匐下来。他大汗淋漓，软得似乎没有了一丝力气。他不知怎么滑下了树干，也许是滚下来的，他猝不及防地就暴露在了她面前。他一嘴的血，一脸的血，又狰狞又软弱。他指着那一地的猎物、一地的死尸和罪恶，说不出话。她望着他，就像望着她最心疼的小羊、小鸡、小鸟。她柔声地、像个母亲似的说道：

“可怜的蛇人！”

然后就把他被鲜血玷污的头抱进了自己的怀中。

就这样，他潜入她的梦魂、她的心，向她袒露。这颗心是他从没见过的最慈悲的一片净土，仿佛，是专为包容他的罪、他的羞耻和痛苦而生。祖露原来是这样幸福的一件事，他流着眼泪，像个撒娇的孩子，说了又说。他一遍又一遍问着香柳娘，说：

“香柳娘啊，这是为什么？”

于是，香柳娘一遍又一遍回答他说：

“可怜的蛇人。”

河水就在他们眼前，滔滔东去，梦中的河上，没有船，也没有皮筏，是一条安静空旷的大河。他的悲伤就像这河流一样没有尽头。他说为什么我是蛇人别人不是？为什么张三不是赵五不是我爹娘不是檀童也不是？为什么千千万万的人中只有我一个人是？香柳娘你说这公平不公平？

香柳娘叹息一声，嘴角上挂着微笑，说道：“可怜的蛇人。”

他回头看她，她的脸，清新而纯洁，这不是那张在尘世中蒙垢的脸，这是那张脸的魂魄。看上去，她整个人，似乎都小了一圈，更加楚楚可怜。他看到了她裙子下面的脚，穿着粗针大线的破布鞋，一只大，一只小，那畸形是如此醒目。可是她一直笑着，就是叹息的时候也在笑，受了委屈也在笑，他不禁握住了她的手。

“香柳娘，你为什么从来不哭？”他问她，“你为什么总是在笑？”

“我是个笑人。”她一字一句地回答。

他如遭电击。笑人，这世上原来还有笑人！这样残缺不全、卑贱而畸零的一个生命，却生来是个笑人！她注定要遭人踩踏遭人欺凌却不会哭泣，她怎样疼痛怎样熬煎都要向这人世奉上一张笑脸。多荒唐的事啊，为什么那些健全的幸运的人不是笑人呢？他目瞪口呆。他慢慢把她的手拉过来，贴在自己脸上，泪水又一次流下来，这次，泪水是为这不幸的笑人而流的。

“可怜的笑人！”他说。

然而，在白天，他们仍然是两不相干的陌路人。没人看得出端倪，甚至，连粉孩儿自己有时也怀疑那梦境的真实。白天的香柳娘，一如往常，快活而痴呆，自言自语，和鸟说话，和羊马鸡狗说话，和风和云和水说话，就是不懂得和人搭腔。若是搭腔，也是驴唇不对马嘴。清晨，放羊的小子过来，唱歌谣骂她：“香柳娘，香柳娘，一腿短，一腿长，嫁个汉子是螳螂，眼泪汪汪拜花堂！”她听了，嘻嘻地笑，对羊群说几句亲昵的话。放猪的小子过来，也唱歌谣编排她：“香柳娘，香柳娘，一腿短，一腿长，嫁个汉子是水缸，眼泪汪汪拜花堂！”她听了，也嘻嘻地笑，却很少和猪搭腔。若是粉孩儿迎面走过来，她仍然嘻嘻笑着，却像是不认识一般，眼睛笔直地穿过他的脸他的身子，不知去看他身后什么地方。那地方，是所有头脑健全神志清明的凡夫俗子永远看不见的，那里的风光，无论光明还是黑暗，都与凡俗的眼睛无关。

中午，她照例帮杨二叔端茶送饭，铁锅里冒出来的热饭食的氤氲白汽将她裹住了，她便像食物一样散发出各种粮食的香气，有时是莜面的涩香，有时是黄米的甜香，有时则是荞面的苦香。饥肠辘辘的书生们只有在这一刻看到这残疾的痴女觉得高兴，平时则将她当作一条狗一般看待。当然，也不便欺负她，她到底是师父家的狗，打狗还得看主人哪。

她帮所有人添汤送饭，嘴里不停地絮絮叨叨，原来是在和那些粮食说话，安慰它们。轮到粉孩儿，也还是絮叨着，东一句西一句，叫人摸不着头脑。“吾不如老圃啊。”她高兴地说，看不出她有任何异样的举止或暗示。这让粉孩儿忐忑不安，他想，他们真的在梦中有过刻骨铭心的倾谈吗？他心神不宁地去接那只粗瓷大碗，不留心，手一歪，汤洒出来，热汤浇在了她手背上。他吓住了，她却一点儿不觉得疼痛似的，嘻嘻笑着，转身去给别人盛饭了。

这天，他心焦地盼望着夜的到来，盼望沉入梦乡。夜终于来了，是个月明星稀的夜晚，他迫不及待去寻找她的梦魂。他穿过夜色，一下子来到那条明亮的、鸟语花香的路上。没有看到那只芦花小母鸡——那个引路的使者，但那条路已经是条熟路了。他走得大步流星，一点没有迟疑，然后，他就看到了他的大草滩，他们的大草滩，野花盛开，虫声四起，她在绿茸茸的草滩上端坐着，还有她的羊，笑眯眯迎接着他，她说：

“一日不见如隔三秋呀。”

他欣喜地奔跑过去，跪下来，一把抓住了她的手，她的右手手背上有明显的红肿，这让他有了真实感，这红肿的痕迹是一条通往真实的渡船。他放心了，抬起脸，望着她星辰一般美好的眼睛，说道：

“香柳娘，你不会有一天不理我吧？”

她伸手摸他被汗打湿的额发，笑得很温柔，这不是白天那种混沌而遥远的笑，眼神里也不是那种空洞的视而不见。她凝眸望了他良久，慢慢点头，说道：

“除非你不做梦。”

三

她爹吴秀才染病是那一年冬天的事。到来年春天，肚子就鼓成了一座山丘一般，郎中说那里面都是水。她爹得的是肝病，脸色蜡黄，又黄又透明，人瘦得只剩下了一张黄皮和硕大的山似的肚子，人躺在炕上，看上去怪诞无比。香柳娘跪在她爹的病榻前，笑嘻嘻的，一会儿伸手摸一下爹的肚皮，一会儿又伸手摸一下。她爹把她的手抓住了，握在自己汗津津瘦骨嶙峋的掌中，老泪纵横，说：

“儿啊，爹爹不是怕死，爹爹是不敢死，你让我怎么舍得下你？”

她爹打发杨二叔请来了族中的长者和几个远房兄弟，吩咐香柳娘给他们磕头。她爹说：“儿，给你爷叔们磕头。”香柳娘嘻嘻笑，听不明白爹的话。杨二叔走上来，不由分说将这痴女按到地上“咚咚咚”连磕三个响头，一松手，抬起来的仍然是一张笑脸，上面沾了灰尘，成了张花脸。杨二叔鼻子一酸，慌忙别过脸去。她爹在病榻上挣扎着翻身，跪起来，头抵炕沿，在炕上给他们行大礼，说道：

“叔啊，兄弟，我只有这一桩放不下的事，这孩子，虽说痴了些，可她家里家外，干活是一把好手……我不求别的，只求你们看在同宗同族的分上，给我这苦命的孩子，一口饭吃，一件衣穿，权当她是丧家的猫狗，收留下她，给她一条活路……我和她娘在九泉之下，也感念你们的大恩大德……”

三天后，她爹去了。她爹去时是在深夜，只有她一人守在爹身边。到早晨，杨二叔和人们进来时，发现尸首已经硬了。她盘腿坐在炕上，正嘭嘭嘭用巴掌心不停击打她爹山丘一样的肚子，谁也不知道她已经这样敲击了多长时间。人们慌忙上前抱住了她，她冲着杨二叔抬起头，笑嘻嘻疑惑地说道：

“我爹爹怎么变成一只鼓了？”

许多人淌下了眼泪。这一天，女人们为她赶制孝服，将她披麻戴孝穿戴起来。没有孝子，他塾中的门生们充当了孝子的角色，跪在灵棚中为先生守灵。粉孩儿是他最寄予厚望也是最偏爱的一个，人们就让他给先生摔盆打幡。雇来了哭丧的妇女，举哀时，一起号啕大哭且嘴里念念有词。只有香柳娘不哭，她脸上没有一滴泪，笑吟吟的，乘人不备，就跑到灵柩前，咚咚咚敲鼓一般敲打棺盖，敲得山响。到了出殡那一天，族中女人们将她架到送殡的马车上，让她坐在她们中间，她们拧她的胳膊，掐她的腿，说：“哭！哭！”她一咧嘴，竟呵呵呵笑出了声，慌得她们忙用巴掌去堵、去捂。哪里堵得住：一松手，她还是呵呵笑，只好任由她去了。她笑了一路，惹得看热闹的一城人都摇头叹气，说：“这痴女，真是越发痴得不像样了！”

棺木入土时，人们大放悲声，真哭的，假哭的，混成一片。真哭的人其实不多，最伤心的莫过于他最亲近的几个弟子，莫过于粉孩儿。粉孩儿将招魂幡插在先生的坟头，长跪不起，眼泪扑簌簌扑簌簌，止也止不住。他哭得无声无息，只见香柳娘冲过来，又呵呵大笑着用拳头用手掌敲打新坟。粉孩儿忽然觉得胸口一阵针扎似的锐疼，“哇——”一声，一口血喷溅出来，喷到师父的新坟之上，也喷到了孝女香柳娘洁白的孝裙上，霎时，那白裙上就开出了点点猩红的血花。

他眼前一黑，栽倒在地上。

事后，一城人都称赞这少年，说他“仁义啊，仁义啊”。他爹言亘也甚为快慰，东邻西舍都送来了鸡蛋、红枣和本地极为珍稀的银耳，他娘忙为他杀老母鸡炖滋补的汤，里面放了枸杞子、黄芪和他爱吃的长山药，香喷喷端上桌，他却难以下咽。他盼望着天黑，盼望入梦，盼望着和那个心碎的女孩儿见面——只有他一人知道她伤心欲碎。这一夜，他匆匆来到了他们的草滩，她一身重孝早已等在了那里，身后是呜咽的阴沉的大河。他突然懂了那河其实是冥河。她的孝衣上，星星点点的血花，凄绝如绽裂的伤口，那是他的血，为她而流。他扑上去，抓住她的手，心痛得说不出话。

她的眼睛，又红又干，里面有火在熬煎，可是她的脸仍旧是一张笑脸，没有一点悲伤的神情。她望着他，连连摇头，说：

“我真想哭啊，我真难过啊！可是我一张嘴，跑出来的就是笑声！我不会哭，我是个笑人，我是个笑人！”

“可怜的笑人！”他把她的手紧紧握在自己的手中，说，“你笑吧，笑吧，大声笑，痛痛快快地笑，师父知道你是在哭他——”

她一张嘴，笑声冲天而起，“哈哈哈哈”，她笑得浑身打战，拼命跺着她残疾的脚。她伤残的小身子里竟然蕴藏着这样惊天动地的狂笑，春草开始汹涌，起了草浪，脚下的土地在打战，发出“嗡嗡嗡嗡”沉闷的响声。大河也起浪了，六尺高的浪头，把河中心那巨大的碛也淹没了。草丛中那些虫蚁，先是吓得乱喊乱叫，后来就没了声息，而林中的宿鸟，则在这惨烈的狂笑中纷纷坠下枝头，折颈而死。

他悲伤地将这个可怜的笑人搂在自己怀里，就像搂一个最亲的亲人。

丧事过后，族中人开始商量丧主家善后的事宜。先生身后，留下了一处塾院和一个孤女。塾院人人都想要，青砖青瓦高门楼，上好的四合大院，前院种枣，后院栽榆，谁会嫌弃呢？可那痴残的孤女，人人都不知道该拿她如何是好。

“真是越来越不机明了呀！”族中人摇头叹气，“都看见了吧，看出殡的时候她傻成个啥样？疯成个啥样？爹死了都不知道哭，连牲畜都不如了呢！”

“可不是，傻得不如个猫狗！”

人人摇头叹气，人人心里都想要那一处上好的大院子，可人人都不想要这一辈子的累赘。商量来商量去，商量不出个好主意。后来族中的女人们出来说话了，女人们，算来香柳娘应该叫她们婶子的——当然是远房的婶子，出了五服的。婶子们说：

“这有个甚难办的？给她寻个人家嫁了不就结了？”

“说得容易，她一个痴女，人家谁要娶她？”主事的男人们不耐烦地回答。

“这世上，莫非只有她这么一个痴呆？远的不说，河对岸，山沟野坳里，不信就寻不出个痴呆来！没有痴呆，那瘸腿少胳膊的，口不能言眼不能看的，我不信就没有！还有那没钱娶媳妇旱了大半辈子的老光棍汉，咱们看是个痴呆，他看还不是个宝？”女人家振振有词，掰着指头一一道来，“再说，她痴虽痴，干活可还算麻利，还算一把好手，娶回去，不会白吃饭，怎么就寻不着一个人家？”

男人们听了，如醍醐灌顶，开了窍，觉得这真倒是一个好主意，给她找个人家，托付了终身，也算对得起她死去的爹娘了。于是就托了媒人，四下里打问，不出一月，还真问着了一家，还真是不出百里，就在河对岸山庄里，庄户人家，家里有房子有地，圈里拴着大牲口，是户殷实人家。弟兄三人，老二老三都娶了妻房，唯有老大，三十大几，是个痴呆，不会说话，只会傻笑，屎尿常常拉在裤兜里。媒人在中间，两下里一撮合，族中人觉得还般配，就算把桩亲事定了下来。那庄户人家的老太太，还专程坐了渡船过来，相看了女方。媒人和那远房婶娘将她引到了菜园外头，远远看着香柳娘提水浇地，掐花打杈，干活真是有模有样。那未来的婆母大人看了半晌，回头来，说了一句：

“这丫头，干活不多，话可不少！咋这么能说话，嘴不拾闲，像个话痨！俺儿子老老实实从不吭声，俺可最不待见这话多的女人！”

媒人还没说话，那远房婶娘先开口了：

“亲家呀，这人嫁过去，全凭你调教了！没见那调教鸟的人，为了听那声口，一把剪子，把那鸟舌头，想剪成尖的就剪成尖的，想剪成圆的就剪成圆的。人的舌头，还不和那鸟舌头一样？剪子能修鸟的舌头，莫非就不能修人的舌头？”

这话说得在理，那婆母大人沉吟着，慢慢点头，不说话了。

因还是在丧中，下定、过礼，一切仪式都静悄悄没有声张，匆忙间选了个好日子，两天后，人家就要来抬人了。族中的女人们开始打扮香柳娘，七手八脚，将她从菜园中拽出来，也懒得多说什么，反正说了她也不明白。女人们忙着烧开水，叽叽嘎嘎嬉笑着将她按在木桶里洗浴，给她梳头、开脸。女人们用丝线绞去她脸上的汗毛，忽然发现这绞后的脸竟是意想不到的清爽、秀美。这张脸让她们吵吵闹闹的嘴巴突然闭上了，这张脸让她们多多少少觉得事情有些过分。半晌，一个女人轻轻摇摇头，说了一声：

“香柳娘啊，你就要做新娘子了。”

她不答话，咧着嘴，嘻嘻笑着，好奇地望着铜镜中那个插花戴朵的女子，快活地说道：

“一日不见如隔三秋呀。”

是他娘告诉粉孩儿这消息的，那是在早饭桌上，他娘一边盛饭一边对他爹说起这桩“喜事”。他娘说：“那一族人心可真黑。”他娘还说：“瞒得铁桶一般，世上哪有不透风的墙？都说他们找的那女婿，傻得连屎尿拉裤裆里都不知道，三四十岁的人，一句话不会说，流着个哈喇子，就会呜呜地哭，做婆婆的又刁，”他娘边说边把饭碗端到粉孩儿面前，叹了一口气，“粉孩儿啊，你那苦命的师妹，从今往后可是要遭罪了！”

粉孩儿一句话也说不出，他拿筷子的手不停颤抖，他的牙也咯咯地打战。好在没人注意他，他娘只顾和他爹议论这件事，声讨着那族中人的狠心。那顿饭，粉孩儿不知道是怎么吃进肚子里去的，撂下筷子，他就出了家门，朝学塾那里跑。师父死后，香柳娘倒是还住在从前的院子里，没有了学生，杨二叔也叫那族中人开革掉了。族中的女人们这些日子轮番过来和她陪住。说是陪住，其实心下都明白，醉翁之意不在酒，都是在打那青砖水瓦大宅院的主意。粉孩儿一路爬坡，气喘吁吁来在从前的学塾前，一眼看见菜园里空空荡荡，只有她心爱的瓜果菜蔬，却没有她。没有了她的菜园像没有了魂灵一般死气沉沉。多少个早晨，她都是和菜园一起清香地快活地迎接着这座苏醒的城，他以为这将是一个天长地久的美景。他扶着篱笆，觉得心都被掏空了。

放羊的小子过来了，赶着羊群，刚要开口唱歌谣，一抬头，却看不见香柳娘，嘴边的话生生叫他吞咽下去了，他怅然地四下张望，羊群咩咩叫，像是在哭。不一会儿，放猪的小子也过来了，看见空荡荡的菜园，一愣怔，别过脸去，忽然冲着远处的大河唱了两句：

香柳娘，香柳娘，
眼泪汪汪拜花堂！

唱完，他吸溜两下鼻子，赶着他的猪，沉默地走远了。

学塾的门，紧紧闭着，从外面看，没有张灯结彩，也没有贴大红喜字，看不出一点喜事的气象。但是空气中弥散着浓郁的脂粉香，这陌生的气味透出了阴险的端倪。粉孩儿在门前呆站了许久，来来往往的人都奇怪地看他。后来杨二叔过来了，杨二叔拍拍他的肩膀，说道：

“回去吧，木已成舟，除了神仙，谁也救不了这苦命的孩子了！”

他险些当着杨二叔的面落下眼泪。

现在，他只盼望着天黑，盼望着夜的到来，只有夜是他们的。刚一掌灯他就躺下了，谎称头痛。母亲端着灯盏过来问长问短，摸他的额头。他忽然动情地抓住了娘的手，这几乎崩溃的少年不知道该从哪里能获得一点点救助。娘慌了神，忙问：“儿，你哪里难过？”他清醒过来，摇摇头，闭上了眼睛。

这一夜，他到得比她要早，这是从没有过的。他们的大草滩上，空空荡荡，这让他吓一大跳。他手脚冰凉呆站在那里，觉得自己像个被抛到天边的孤魂。就在这时，他听到了咩咩的羊叫声，他看到她了，这是他第一次看到她在梦中行走的样子，仍然跛着，却疾走如飞。她抬头看到了他，一下子站住了，他顿时明白她是不愿让他在梦魂中重温自己跛脚的样子。

她整个变了样儿，头发盘成了高耸的云髻，插着银钗和两朵红绒花，丧服也脱去了，换上了红绸的衣衫和裙子。她还涂了胭脂，点了红唇。她站在他们的草滩之上，就要去做别人的新娘。他心如刀绞，狂奔过去，劈手摘下了那两朵红绒花，扔到地上，眼泪一下子奔涌而出。

她弯下身，把那两朵花，小心地拾起来，小心地、笨拙地重又插到了头上。她望着他微笑，说：

"我好不好看？"

他拼命摇头，泪飞如雨，说不出话。

她忽然上前一步，慢慢跪下，双手抱住了他的腿，她把她妆饰一新插花戴朵的脸埋在他腿间，他感觉她身子像怕冷似的发抖，她说：

"哥啊，你要了我吧。"

起初，他没有听清楚，或者，没有弄明白，但突然之间他醒悟了，就像电光劈开了一个混沌无知的黑夜。他开始战栗，慢慢觉得自己身体中又有了那种不可遏止的、可怕的、狂舞的激情，他跪在地下，捧起她的脸，说：

"不，不，我不能，我不配，香柳娘啊，"他长长抽泣一声，“你说过的，我是个蛇——人！”

她的眼睛里，没有泪，她用一双永远没有泪水的可怜的眼睛深深望着这亲人，唯一的亲人。她的嘴角翘着，像是在笑，笑她一无所有，这个世界榨干了她所有的一切，只允许她笑。她笑着，用让他心碎的声音说道：

“哥啊，你也嫌弃我？”

他一把抱住她，抱得紧紧的，他像长啸似的喊出一声：“香柳娘，我的宝啊——”她抬起脸，亲他，她的唇灼得他钻心地疼。她用她火烫的唇亲他的脸、他的眼睛、他的耳朵和嘴，她用她洁白的冰清玉洁的牙叼开了他的汗巾。他们像连理枝一样在一起了，绿茸茸的草滩仁慈地拥抱住了血肉交融的这一对畸零的亲人。他的缠绕几乎使她窒息，他恨不得吞噬她，将她一口吞进他生命中，永远珍藏起来。最后关头他疯狂了，一口下去狠狠咬住了她雪白的娇嫩的肩头，她“啊——”地大笑，他呜咽地松开口，那肩头上已是血肉模糊。

他心疼地亲吻那伤口，她抱住他的头，哈哈大笑。珍贵的处女的落红将草滩染红了，也将他的衣襟染红了。他大汗淋漓，躺在她怀中。他们就这样生死缠绵地躺着，就像躺在时光之外、世界之外。草香笼盖了他们，大河在他们前方，流得也特别缓慢和温柔。

但是鸡叫了。

一城的鸡，都在叫，一世界的鸡，都在叫。到了他们分手的时候了。她站起身，云髻歪了，银钗斜了，红绒花扁了，衣衫皱了。若是仔细看，可以看到她红嫁衣上新鲜的落红痕迹。可是她艳光四射，美若仙子。她从来没有像此刻这样艳丽这样妖娆。她伸手将那红绒花揪下来，丢到草地上，她说："没用了。"然后她笑着，依依不舍地、眷恋地望着他，说道：

"我走了！"她身披霞光朝他挥挥手，"一日不见如隔三秋呀！"

这天早晨，守在学塾里的女人起来时，发现那就要上花轿的新娘子将自己吊死在了院中的枣树上。她云髻歪着，银钗斜着，衣衫皱着，红绒花也不见了踪影，在清晨的霞光中，她尚还清新的脸上却挂着一种她们谁也不能了解的笑意。眼尖的女人们一眼就看见了她绸裙上那斑斑点点鲜艳的落红。她们惊呼、尖叫，在她们的叫声中，一城的狗都跟着狂吠起来。

从此，粉孩儿再也走不进她的梦魂中去了。死人是没有梦的。他再也没有见过她，梦中，他无数次想走进那片清香的大草滩，去捡回那两朵压扁的红绒花，那是她留下的唯一痕迹，是他们生死缠绵的见证，可是他迷了路，他们两个人的草滩，他一个人，再也无法抵达。

从此，粉孩儿知道这世界上只剩下了他自己。

第四章

回春散

一

日月如梭，一晃，当年的神童言仕麟——粉孩儿果然应了老师的预言，进京赶考，蟾宫折桂考中了状元。

可惜，新科状元言仕麟金榜题名不足一个月，就因为母丧告了丁忧。钦点的新科状元，天子的门生，从万人仰慕的人间神话当中抽回身来，从贺宾、贺酒、贺信，恭维、赞美、羡慕、笑脸的淹没当中突围出来，纵马而行，一路朝北飞奔。被他抛在身后的京城，掩饰不住满脸的诧异和惊讶，那座繁华的京城无法想象，为什么如此巨大的幸福和痛苦，会同时让这个提前退场的人集于一身。就好比一出点石成金的好戏刚刚开场就突然落了幕，没有了新科状元的京城，顿时少了许多热闹和看头，添了几分失落和寂寞，真正是喝酒无伴，踏春无花，平白得让人无趣。

归路迢迢，马背上的言仕麟面色如铁，冷泪如麻。

他其实早就预感到了自己的不幸，他终于一步步走到了荣耀的峰巅，他不幸的峰巅。很小，他就隐隐知道，“状元”这个网罟是他无法抗拒的宿命，从他出生起就在前面等待着他，等待他落网。进京赶考期间，他一直忐忑不安度日如年，甚至恶作剧地将自己的试卷故意写得张狂潦草，不料，当今天子自诩风流才子，偏偏喜欢他这不拘一格，朱笔一圈，笔酣墨畅，于是，他又一次知道了什么叫“在劫难逃”。

巨大的京城，到处是人，到处是人的眼睛，到处是朱楼广宇，他知道这冰冷的繁华胜景中没有一个是让他真正藏身的所在，不像他的大草滩、他的小树林，这里，没有任何一寸土地一个角落能包容、掩盖他的秘密、他的羞耻和他的罪。他下榻的地方，是一所华堂，仆从如云，在这个华堂中，他竟然从没有做过一个梦！没有梦的夜晚就像是死。他穿红袍、插金花，赫赫扬扬骑在马上，在喧天的鼓乐声中打马游街穿行在夹道的人墙中的时候，这人的城墙人的长城让他害怕，他听到身体深处一个孤独的声音对他悲伤地说：“一日不见如隔三秋呀。”他默默回应着这声音，说：“救救我，救救我。”

救他的，竟是一封报丧的家书。打开家书的那一刹那，他恐惧万端，他没有想到拯救他的竟是如此巨大的悲哀——娘用她的生命解救了他。

他把红尘万丈的京城抛在身后，一路朝北飞奔，马蹄踏处，虫蚁纷纷逃窜。

这一晚，他宿在一个叫裕溪的地方，一家荒村小店，背山面江，涛声拍岸，听不到更鼓声。涛声从无边无际的黑暗中传过来，除了黑夜，除了他，鸡毛小店再无别的旅客。店家是一对老夫妇，耳聋眼花，添汤送水哆哆嗦嗦忙过一阵后，也早已熄灯安歇了。身后，崇山峻岳之中，夜鸟的哀鸣，声声入耳，像挣扎一样，有一种锐利的凄伤。半夜里又落了雨，雨打茅檐，犹如酒入愁肠。他一夜也没有睡沉，辗转反侧，隐约感到一种奇怪的令人不安的期待，似乎，有什么事情要发生，因为这小店，这雨，这长夜，好像都有着诡异之气。他隐隐激动地等待着，似醒非醒之中，忽然传来一阵清脆的笛声，悠扬、婉转，自远而近，哀而不伤，是再平常不过的村笛。他好生诧异，这荒山野岭，哪里来的人家？正纳闷间，忽见一个牧童，手握一管横笛，骑在牛背上，逍遥而来，身后，竟跟着一群穿青兜肚光屁股的小童，人人扎一根朝天髻，和着笛声，热热闹闹走来，嘴里唱着一个歌谣：

言仕麟，言仕麟，
谁是你萱亲？
从来不识慈母面，
可笑粉孩儿不知己身是何身？

一边唱，一边叽叽嘎嘎地笑，随着那牧童和笛声，跳蹦而去。

他大惊，追上去高喊："你们何从知道我的乳名？"唱歌的村童们并不回头，他自己却一下子惊醒了。原来是南柯一梦。天已大亮，只见头顶就是雨过天晴的蓝天，温柔，安详，悠远，哪里有什么牧童和孩子？就连鸡毛小店也杳无踪迹，他原来就躺在旷野之中。他的马，伫立在一旁，静静地吃草，在柔和的晨光里喷着响鼻。一条大江，横在他们眼前，而身后，则是百鸟喧腾的山林。

“谁是你萱亲？”

他惊骇地问着自己。

那是一场盛大的葬礼。

言家请来一班和尚、一班道士，在庭院中开水陆道场。自然少不了吹鼓手，也是请的最好的班子。白绫白绢铺天盖地，言宅就像一个雪国。灵堂里，烧着几十根十斤重的大白蜡，将夜晚照得比白昼还要光明。寿木也是上好的楠木，千年不朽的材料。出殡那天，纸钱像雪片一样漫天飞撒，通往墓地的路上，满城有名有姓的士绅、商贾、乡党，甚至官家的祭棚一座挨着一座，送葬的队伍，走不了三五步，就得停下来，赫赫扬扬路祭一番。

那是一个诰命夫人应享的哀荣。

葬礼过后，一家人意倦神疲，人人都像走了魂一般。父亲看上去老了十岁，常常坐在庭院里的石儿上发呆，无缘无故流下眼泪。有时，半夜里醒来，他会忽然喊叫一声亡妻的名字，说：“粉孩儿娘——”无人答应，他就披衣起来睁着眼睛坐到天亮。

“七七”这日，全家人，上上下下都到了墓地，祭奠一番，离去时，言仕麟叫住了父亲，又吩咐弟弟：

“檀童，你们先走一步，我有话和爹说。”

一家人，两辆大骡车，“呼隆呼隆”赶着去了，荡起黄尘。言仕麟重又跪下来，对着娘的墓碑，恭敬地、庄重地，磕了三个头，然后，就跪在那里，说道：

“爹，今天，我在娘的坟前问你这句话——我亲娘是谁？”

平地一声焦雷，把他爹轰蒙了。他爹张着嘴，说不出话。

“我亲娘是谁？”他逼问。

“粉孩儿啊，粉孩儿啊，”他爹颤巍巍开了口，“你娘尸骨未寒，你，你从哪里，听来这些闲话？”

“言仕麟，言仕麟，谁是你萱亲？从来不识慈母面，可怜粉孩儿不知己身是何身……”他哑着嗓子，念出这梦中的歌谣，“爹，谁是我亲娘？”他不依不饶，一副拼命的神态。

他爹望着他，渐渐地，变了脸色，回过身，对着亡妻的坟头，说了一声：“他娘，咱们的心血，白费了呀——”然后颓然地跌坐在了地上，热泪横流。

他冲着父亲，一言不发，咚咚咚地磕着响头，额头磕破了，渗出了血迹。

“好，你听好了，粉孩儿，我都告诉你，”他爹抹了一把泪水，阳光下，脸色惨白，“我不姓言，姓许，我本名叫许宣。我的儿，你原本也该姓许。我们一家人，改换姓名，逃奔千里，就是为了瞒住你的身世……粉孩儿，你亲娘叫白素贞，那白素贞，不是肉身凡胎，是——”他说不下去。

“是什么？”他浑身冰冷。

“是一条白蛇。”

儿，你娘，她是一条蛇，一条白蛇。

修炼了三千年，来到人间，想做一个人。

可是没人信她。就连我，若当初知道她不是人而是蛇妖的话，又怎敢和她同床共枕？

我肉眼凡胎，分辨不出人和妖。她们要搭船，我就让她们上了船。你娘，还有青儿，她是你娘的结拜姐妹，清清白白的一对娇娥，站在大雨里，淋得精湿。后来我知道，那一场大雨，是青儿捣的鬼。雨过天晴，你娘站在西湖边上，站在通天彻地的彩虹下面，一身素白，活活就是一个天仙，看得我魂出七窍，目瞪口呆。

青儿是谁？她也是一条蛇，小青蛇，是从蟠桃园里跑出来的鬼精灵，就是她，撮合了你娘和我。对，她还亲手接生了你。说来，我也不知道是该恨她还是谢她。

我没爹没娘，世上的亲人只有姐姐姐丈，他们收留我一起住在杭州城过军桥黑珠巷内，让我在一位表亲家的生药铺里做一个小小的主管。听说我要娶个孀居的小寡妇，姐姐姐丈竟都同意了——寡妇再醮是用不着花他们多少钱的。你娘，拿出了自己的体己，我们成了亲。后来，她又将绣庄盘给了别人，得了一点本钱，又从放账人那里借了高利贷，让我开了一间生药铺，自己配制丸散膏丹，还给我一些海上仙方，说是祖上传下来的，我照方炮制，果然，买卖甚好。一年下来，还了债，竟还有不少结余。你娘与我，很是欢喜，我对你娘许愿说，等明年挣了钱，我要到杭州城最大的银楼里，给你娘她们两姐妹，一人打一副好头面。

你娘说，她不要。

青儿说，那好，两副都给我。

那是我这辈子，最快活无忧的一段日子。我不知道，我是和两个妖精日日厮混着。一天不说破，我快活一天，一生不说破，我岂不快活一生？可是天理不容啊！天理不容人妖混淆，人间容不得妖孽存世，除妖人早来了，我们却还蒙在鼓里。

这一天，几个朋友约我在西湖断桥边一座茶食铺子里吃茶，过来一个和尚，手里拿着募缘簿子，来到茶桌前，深深一喏，说：

“贫僧乃镇江府金山寺和尚，云游到此，只因下月初七，乃英烈龙王生日，望官人们到寺中烧香，布施些香火钱。”

大家纷纷解囊，我也从荷包中取出一小锭银两。那几日，刚好你娘身上有些不受用，我就对那和尚说：

“劳师父尊驾，还望在那募缘簿子上，写上贱内的名字，替她许个愿心。”

那和尚打量了我一眼，又是深深一喏，说道：

“这位檀越，贫僧略知一点岐黄之道，也会一点相术，恕贫僧直言，我看施主面相，宝眷怕是有一点顽症在身的，须得好生调理才是，否则，怕是会牵连于你。”

和尚这话，唬我一跳，不知你娘害了什么隐疾，也不知会怎样牵连于我。当下也顾不得再吃茶，忙邀了那和尚回家为你娘把脉。一路上，和尚默不作声，神色严峻，让我心里忐忑不安。一进门，你娘迎出来，一看和尚，脸色变了一变。他们俩，和尚和你娘，站在院子里，四目对视，谁也不说话。太阳朗朗照着，我心里奇怪，只见你娘冲和尚福了一福，一转身，脚步踉跄地进了屋里。

和尚微笑了。

"不用把脉了，"他说，"我已看出宝眷身染何疾，虽是顽症，倒也不难医治。"他又微微一笑，"我有一剂偏方，说与你听。再过几日便是端阳佳节，将那桂花蕊、陈皮、青梅二枚、蜂蜜一钱，浸在那雄黄酒中，端阳这日，让女施主连喝三杯，保管药到病除。"

我听了，心想，这几味药，哪一味都很平常，怎会有如许奇效？只听那和尚又说道："若宝眷不善饮酒，也不妨，就将这浸了桂花、陈皮、青梅与蜂蜜的雄黄酒，倒在热水之中，用它濯足洗浴，也十分灵验。施主不妨请宝眷一试，若无奇效，施主尽管来找我理论，我暂住在净慈寺内，贫僧法海是也。"

说罢，掉头而去。

儿啊，灾殃就这样来了，没有一点预兆。那时候，我还不知道大祸已临头，不知道法海这个人在咱家的命运里担当着怎样厉害的角色。我只觉事情多少有些蹊跷，我看出你娘心神不安，这加重了我的疑心，我寻思，莫非你娘真有隐疾暗症不成？我有些后悔，后悔当初我们成亲时没找个人给合合八字。

我想不到别的呀。我，许宣，一个孤儿，生药铺里的小掌柜，安分守己坐井观天一介草民，你就让我四海贩骆驼——天马行空去想，我又能想到哪里去？若我知道那雄黄酒是个大噩梦，我——我又会怎样？

儿，过去这么多年，我其实仍然不知道，当年，我若是清楚雄黄酒会告诉我一个真相，我又当如何？我是要那个真相不要？要，或是不要，都是需要大决断大智慧大勇气的；要，或是不要，那是一个旷世的智者才需要面对的杀伐决断。可我，我是什么？只不过市井红尘中一个庸人而已。庸人没有选择，只有逆来顺受。

后来我知道，那几天，青儿把家里的雄黄酒，都悄悄泼到阴沟里去了。你娘看她瞎忙活，说了一句：

“青儿啊，你能把这人世间所有的雄黄酒都泼光洒净吗？”

你娘这话，无奈之极。可怜那小青儿，还天天忙着作法，要将那杭州城的雄黄酒，鼓捣干净。她哪里有那么大的法力？就咱家自家铺子里的地窖中，雄黄酒就不止一坛两坛！我早早依那和尚的法子，将那桂花蕊、陈皮、青梅和蜂蜜浸泡在了其中一坛里，用麻纸封了个严严实实。其实，后来我才明白，什么桂花蕊、陈皮、青梅和蜂蜜，都是障眼法，一个除妖人需要的，只是那雄黄罢了。

到了端阳那一日，你娘裹了粽子，置了酒席，一家人要过节了。伙计送来了那泡好的酒，我一开封，满室酒香。我偷眼看你娘，她倒还沉着，那青儿却是蛾眉倒竖，指着我就骂：

“好混账的姐夫啊！谁的胡言乱语你也信？”

你娘止住了她，对我说道：

“官人哪，也罢，我就同你饮三杯。”

你娘亲自斟酒，将三只大觞斟满了，双手擎起一觞来，两眼直直望着我，又开口说道：

“官人，或许我真有隐疾在身，这三杯雄黄下去，便见分晓。若真有得罪之处，非我本意……人，活在世上，怕是都有些隐疾和难处的，官人，我饮了。”说完，她一饮而尽。

你娘她连饮三觞。

我看到她眼里，泪光闪闪。青儿也哭了。我忽然也莫名其妙地伤感起来。酒性开始在你娘身上发作，她支撑不住，青儿忙扶她进里面卧房躺下。我一个人，静静坐了一会儿。院中，一盆石榴花开得如火如荼，那是你娘春天从花市上买来的。我想起往日的好日子，忽然感到一阵钻心的难过。这时我听到房中传来一阵大大的响动，似是翻腾呕吐的声音，我忙斟了一碗热茶，端进去。

青儿呆坐在榻前，泪流满面。床帐垂着。她见我进来，说了一声：“看看你干的好事。”说完，一撩帐子，我看见床铺上，盘着一条胳膊粗细的大白蛇，扭动着——那就是你娘。我手中的茶碗“当啷”一声落了地，什么都不知道了。

后来，我才知道，法海给我的那偏方，洗和饮，是不一样的。洗，像催眠，在灵魂出窍之际现出原形；饮，则是一种清醒中的搏杀，非常痛苦，可是有一二分胜算。那法海，戏弄一般，丢给你娘两种选择。你娘，她选了痛苦却有一二分胜算的饮。

我苏醒过来，已是七天之后。这七天里，青儿日夜守护在我身边，像个村妇一样，夜夜为我叫魂，不让我的魂魄走远。你娘则只身一人进了深山，为我寻觅还魂草。那还魂草，又叫九叶草，世间稀有，相传一千年抽一片叶，要长九千年。长在中岳嵩山峻极峰最高险的悬崖绝壁之处，人迹不到，且有猛禽看守。猛禽将自己的巢筑在仙草边，你娘和那猛禽，一只九千岁的大秃鹫，厮杀了三天三夜。那大秃鹫，双翅展开来，遮没半座山。你娘和它，打了个平手，两厢都是遍体鳞伤。你娘再无半点气力，她跪下来，哭了。

“仙兄啊，我没力气了，你打吧，我不还手，你打够了，啄够了，只要我还有一口气，就求你一片叶，救我丈夫的性命，只求你一片叶……”她直挺挺跪着，泣不成声。

那秃鹫叹息了：“愚蠢至极呀，你值得为了一个人，来跟我拼死拼活吗？”说罢，秃鹫啄下最小的一片叶子，扔给了你娘。

你娘用命换来那一片还魂草救活了我。你道我怎样？我连夜逃出了双茶坊巷，去了那净慈寺。那法海，算准了我必来无疑，正等着我呢，看见我，面露莫测高深的微笑。我赶忙跪在地上，冲他咚咚咚磕头，不停地哀求：

“法师救命！法师救命！”

人，谁不怕妖？人，谁不相信妖精是专以害人吃人为业的？世世代代，口口相传，妖都是人的死敌。我生来胆小，本就最怕蛇虫，一想到这一年来我夜夜和一条大白蛇同床共枕，早就吓酥了筋骨。我哭哭啼啼，求法海救命，不知道你娘和那刁钻古怪的小青儿到底要怎样加害于我。法海端坐在蒲团之上，念了一声佛，说道：

"莫怕，我自有除妖之法。"

法海连夜护送我出了杭州城，前往金山寺。在那金山寺，一住月余，日夜听那诵经声、钟磬声、江涛拍岸声。暮鼓晨钟之间，我想我这遭际，越想越难过，越想越害怕。我安分守己一介柔弱小生、草民，不求功名富贵，不问大是大非，见事绕道走，有乱避开行，怎就会惹来如此滔天奇祸？想来这"红尘险恶"真不是一句虚话。罢了，索性在莲台下剃度了吧。

谁想，法海却对我说："时机不到。"

起初，我不明白这话的玄机，后来，我知道了。原来法海是想拿我做钓饵。他在金山寺布好了阵仗，想等你娘来寻我时下手擒妖。不想，你娘迟迟没有动静。法海见此计不成，又生一计，他就想让我再回到杭州，回到你娘身边去，做一个内应奸细。那法海虽是一位高僧，可若说要对付你娘这样有三千年修炼之功的妖精，还略逊一筹。他便对我言道，举凡妖精，都有各自的软肋，一个蛇妖最软弱的时候，是它蜕皮的时候。儿，这话，想你最是明白啊。世上最猛的毒蛇，蛇蜕时，连一只青蛙它都奈何不得！虽说你娘已修成人身，可终究保留着蛇性，每年到蜕皮的日子，就会浑身不舒坦——端阳那几日，就正是你娘最无助最无奈的时辰，所以才敌不过那三杯雄黄。他要我重回你娘身边，稳住你娘，等到那蛇蜕的日子再次到来，好和他里应外合，将你娘一举拿下。

我听得魂飞魄散，我说："啊呀呀，我哪里还敢往那妖精口里再去探头？快快饶过小生则个！"

不想，那法海说出了这样一番话，他说：

"许宣，我保你平安无事，那妖精，绝不会加害于你。"

这是什么话？我说："你怎敢担保？妖精不害人，还成什么妖精？"

我忘不了，那法海的眼睛里，掠过一点奇怪的东西，他点点头，说道："这话不假，所以，我只担保，她决不会加害于你，没有说，她不害别人。"他炯炯地望着我，说："你可想知道，我为何这样说？"

我怎会不想知道？

"当日，我假说给你两个偏方，一洗一饮，你蒙在鼓中，可那妖精明白：虽都是被迫现形，可一洗一饮，判若鸿泥，洗是纵，饮是搏。纵如同意淫和催眠，灵魂出窍，快意淋漓，而那搏，则如撕如绞如割，痛苦万端。然那妖却弃快意淋漓而择痛苦万端，你道为何？"

我摇头。

"那是她怕唬着你，"法海沉吟片时方缓缓开口，"快意固然快意，却全然不容她掌控，她怕的是在你眼前无知无觉现形，唬坏你。而那饮，虽痛苦万分却清醒，清醒就自有一二分把握和胜算，不至于猝不及防，至少还有工夫将自己隐藏起来。许宣，若那妖想害你性命，又何用顾忌这许多？”法海问我，莫若说是在自问，“还有，你可知，当日你唬死过去，又是怎样被救过来的？想你也不会知道。”

于是，他给我讲了还魂草的事情，讲了你娘是怎样和那巨翅遮天的猛禽搏斗求草的经过。我呆住了，惊讶万分，心里像刮过狂风，法海的声音，如风中的灯笼，忽明忽暗，忽明忽暗。

“许宣，那妖畜，对你，倒是有几分真心……这叫我亦百思不解，或许，你们前世前生，真有一段孽缘也未可知……你放心大胆地回杭州去吧，她不会害你性命。”

我决定回去了，去做那内应的奸细。

临行，法海却又变得疑虑重重。

“许宣，你要记住，妖为鬼蜮必成灾。这世上，没有不害人的妖孽，不害你，必害人。切不可以一己私情，忘记人间大义。”

“我记下了。”

“许宣，妖孽是没有心肝的，今日不害你，明日不害你，未必一世不害你，切不可因一时心慈手软，留下无穷后患，施小善而弃大善。”

“我记下了。”

“许宣……”

现在，我知道，法海在最后一刻其实已经有些后悔了，他不知道我此去到底会是怎样一个后果。一切，并非都在他的掌握之中，至少他把握不住人心。可他别无他法，他也是在搏，在和自己一搏。

儿，那时，我还不知道，你已经在你娘的腹中，长成一团小小的血肉了。

二

在南方，几近陆地尽头的群山之中，有一小小村落，十多户人家，以耕樵为业，俱是被流配的堕民（罪人）的后代。村庄从前并无名字，后来，不知从何时起，人们开始叫它“碧桃村”。

村前村后，满山遍野，并不见一棵碧桃树，这村名来得好似没头没脑，却也从无人追究。

十几二十里外，有一座城郭，是个水旱码头，有数不尽的买卖商铺、酒肆客栈，算得一个热闹去处。城郭中人，称自己是“客家人”，城郭也有名字，叫寿安城。

这一年，有一户人家，不知何故流落到了这碧桃村。先是赁屋而居，后来雇人伐木割草凿石，在后山坡上，建起了自己的家园。这一户人家，人口无多，夫妇二人，和一个妻妹。男人姓许名宣，娘子姓白，妻妹名叫小青。这家人说着此地人听不懂的言语，想来他们的来处也不会近。堕民的子孙，习惯了，从不问人来处，左不过是为避祸而来罢了，有什么可蹊跷的？

那男人，肩不能挑，手不能提，不懂稼穑之事，却识百草，通一些岐黄之术。先是做游方郎中，渐渐有了名声，就在那小小碧桃村，悬壶坐诊，后又兼收药材药草，竟也养起一家人来。这家的娘子和妹妹，虽是年轻女流，生得又俊俏，却十分能吃苦，房前屋后，开出地来，种瓜种菜，足够一家人嚼用。

那娘子，身子一天天笨重起来，说话就隆成了小山，即将临盆，庄上没有收生婆，男人就要去十几二十里外的城中寻觅一个，娘子拦住了他：

“不用敲锣打鼓声张，‘没有张屠户，不吃带毛猪’，这满庄里跑的，不都是娘肚子里的孩子？”

“那就请个庄上的女人来帮忙。”男人又说。

“不用麻烦人家，到时候，有青儿一个就行了。”娘子回答。

青儿的嘴，惊得张开来，半天合不上。男人出去后，青儿喊叫起来：“啊呀呀，姐姐呀，你别抬举我，我哪里知道生孩子的事情？”

那姐姐笑一笑：

“你知道也好，不知道也好，反正我们娘儿俩的命，交给你了。”

起初，青儿以为娘子是说笑，慢慢地，品出了滋味。她走到娘子身边，挨着她坐下，把自己的手，贴在那山丘一样温暖的肚子上，轻轻说道：

“姐姐呀，你放心——”

青儿自己的心，却咚咚咚跳得像擂鼓。不会的，不会的，不会是一个异类和怪物！她抚摸那未曾谋面的生灵，心里默默想：这一定是个好好的小娃娃，人模人样……这是他的小脑袋，这是他的小腿小胳膊，这是他的小屁股……

日子一天天逼近了，娘子变得喜欢发呆。青儿走过来，拉她的手，摸了一手心冷汗。青儿不知道该说什么好，日子变得难熬起来。她看到血色从姐姐脸上一点一点退去，嘴唇都退成了白色。她和姐姐一起受苦，却彼此什么都不能说。已经是冬天了，这里的冬天，没有酷寒，却有着阴恻绵长的冷，山林看上去又凄伤又寂静。青儿想，天，让这一切快快过去吧。

发作是在下午，她正在院子里拾柴，听到娘子变了声腔的喊叫。她慌慌张张冲进去，踢翻了晾在竹篾中的红豆粒，那是准备用来为产妇煮红豆汤的。她冲进来，傻傻站着，不知道该干什么好。娘子让她烧水，她就烧水，让她端木盆，她就端木盆，让她上门闩，她就上门闩。现在，谁都别想进来了！天塌地陷，这屋子里，也只有她这个一窍不通的收生人来对付了。娘子把自己和孩子的命，都托付给她了。她慢慢冷静下来，跪到了那神秘的山丘下面，对着生命之门，忽然之间，感到了从未有过的清醒和庄严。

“姐姐呀，我来了。”她颤巍巍这么说。

许宣在外面，砰砰砰敲门板，敲得山响，嘴里喊叫：“青儿，青儿，放我进去！”她不理也不睬。那许宣，喊完青儿喊娘子，喊破了喉咙，忽然瘫坐在地上嘤嘤哭起来。太阳不知何时落山了，宿鸟归林了，屋里掌了灯，窗纸透出了生死莫测的光明，呻吟声一阵紧似一阵，他听见那不知天高地厚的小青蛇变了腔调的声音："姐姐呀，使劲啊！"此时此地，他连杀她的心都有了。一轮好月亮，光明正大升上了中天，山林、村舍，全成了月光中的画。只听一声惨叫，忽然没了声息，万籁俱寂，他一下子张大了嘴，寒气倒灌，浑身的血脉刹那间冻成了冰挂。完了！他想。就在这时，"哇——"一声，他听到了那救命的、开天辟地嘹亮的啼哭，他以为是在做梦。

血污的一双手，托着初来乍到的小生灵。只见他愤怒地、不耐烦地蹬着一双小腿，耍着脾气。青儿泪流满面，她托着那珍宝，说："姐姐呀，你快看！"娘子紧紧闭着眼，说："我不敢，我不敢——"

"姐姐呀，"青儿哗哗流着泪，哽咽着，"你看吧，真真正正，一个小娃娃，什么都有，小手、小脚、小指甲壳……还有小鸡鸡……姐姐呀，你好了不起，你生下了一个人！"

"哇——"一声，娘子痛哭失声，她终于生下一个"人"。她睁开眼睛，伸出双手，喊道："我的儿啊！"

母子俩的哭声和成一团，宣布了一条生命庄严的降生。

满月那天，许家办了满月酒，请庄上东邻西舍来吃酒席。大家纷纷道喜，说："这才像户兴旺人家。"东邻西舍都送了礼，腊鱼腊肉、小肚兜，还有小银锁片。西邻胡家，人丁兴旺，三男二女，一大群猪羊鸡鹅，人畜都活得欢腾结实。娘子就对那胡婶说：

“胡婶啊，您是个十全人，我今日大胆借借您的福气，求给孩子取个名儿吧。”

胡婶笑呵呵说：“现成的，现成的，这孩子，粉团一般，多招人喜欢，就叫个‘粉孩儿’吧！”

娘子忙抱着孩子一蹲身福道：“粉孩儿给姥姥行礼了。”

有了这一层缘故，两家人，走动得就勤快了起来。胡家大女儿已出阁，小女儿顺娘，刚满十七，生得明眸皓齿，一双天足，还没有说人家。这顺娘，不知为何，特别喜欢粉孩儿，有事无事，常跑上来，和那青儿争抢着抱襁褓中的小婴儿。顺娘弯下身，和粉孩儿脸对脸，逗他说：

“粉孩儿啊，叫姨娘。”

青儿霸道地指着自己的鼻子说道：“哎哎哎，谁是他姨娘？他亲亲的姨娘在这儿呢！”

青儿视那粉孩儿，如同性命一般——这是她亲手接引到世上的孩子啊。原来，做人是这么血污和幸福的一件事，怪不得姐姐如此痴迷、如此惨烈地要做一个人。青儿抱着那小婴儿，常常鼻子发酸。她清澈见底的眼睛里也因此多了一点属于人间的东西、一点人间的尘埃，像一双人的眼睛了。

那是一段快乐的日子，生活看上去很有奔头，地角天涯的荒远给了他们安全感。他们又有了一个家，虽然只是几间草屋，可是这草屋里盛着他们骨肉根苗嘹亮的哭喊。许宣抱着他的骨肉，百感交集：“儿啊，儿啊。”千言万语一句也说不出口。为了这孩子他做了一件背叛的事，背叛了自己的同类，他甘心情愿和一个妖孽亡命天涯。

也许，离开金山寺离开法海师父的那一天，他就注定要背叛了。也许，在他听完九叶还魂草的故事之后，他就注定要背叛了。也许，更早，在他于豪雨中允许那两个素不相识的女人搭船的那一刻起，他就注定要背叛了——或是背叛情，天下至情和骨肉；或是背叛道，人间正道和同类。总之，他不背叛人情就得背叛正道，他必得做一个叛徒了。

也因此，这是罪孽的快乐，是劫后余生的快乐，还是苟且偷安不能追究的快乐。许宣有时会一个人爬上山坡朝他们的来路张望，有许多东西都丢在那一边了，包括，他清清白白一目了然光明磊落的前生——他朝那来路张望就如同一个隔世之人。他默默张望许久，然后回头，回他的草屋去。那里有他的骨肉，有他异类的亲人，有他混沌、罪孽、不能言说却快乐、难舍难弃的此生此世。

这一天，顺娘的父亲胡爹邀许宣家去吃酒，胡婶和顺娘，在灶下忙活，炒了好几个下酒的小菜。胡爹借酒说出了一件心事，原来他想让自家的小儿子拜许宣为师，到许宣堂下去做个学徒伙计。

“我这小儿，生得倒还不笨，念过几天书，认得几个字。不瞒先生说，我们堕民的后代，念书也没有出路，又不能求取功名。若先生不嫌弃我们卑贱，就收了他这个徒弟，也好叫他日后有个挣饭吃的本事。”说完，连连作揖。

许宣倒也正缺个帮手，平日常见那孩子，十四五岁，生得清秀白净，伶俐聪敏，人也勤恳老实，便答应得很痛快，说："胡爹你这样抬举我，我焉敢不从？"胡爹听了大喜，忙喊那孩子出来，说："金郎啊，快快见过师父。"那金郎闻言从里间出来，纳头便拜。

胡爹说："明日挑个好日子，再郑郑重重行拜师礼。今天先痛快吃酒！"两人你一杯，我一盏，喝得高兴，都有了七分酒意。到后来，顺娘端上一只砂锅来，热气腾腾，放在八仙桌上，一掀盖，香得不得了。

胡爹耸着鼻子，摇头晃脑说："'秋风起，山蛇肥'，虽说还不到时候，可昨日介叫我撞上了，好东西啊！"一边吩咐顺娘："拣大块的，给师父盛上！"

许宣七分酒意去了二分，问道："这煮的是……"

"蛇啊！"胡爹答道，"除了蛇，还能有什么东西如此鲜美？就是还不到时候，瘦了些个——"

许宣的酒吓醒了。他摆着手，说："别别，我不敢，我不敢！"胡爹呵呵大笑："尝尝嘛尝尝嘛，怕什么？你们北人就是胆小啊，错过多少人间至味！"

许宣忙站起来，说："恕我不敢从命……天晚了，告辞告辞。"

他落荒而逃，出门来，山风一吹，忽然想呕，他搜肠刮肚狂呕了一气，把吃下的东西都呕净了。他慢慢朝坡上走，打着趔趄，山风从林子里掠过，带来一股强烈的腥气。"秋风起，山蛇肥”，他眼睛潮湿了，他想，这世上是没有世外仙源的。

第二天，一个樵夫在山林边上发现了胡爹，他倒在地上，人事不省，脚背上有一个小小的伤口，有经验的樵夫一看便知是遭了蛇咬。那樵夫把昏迷不醒的胡爹背出了山林，背到了坐堂先生家。谁知许宣不在家，去了那十几里外的城郭采买去了。再看胡爹，嘴唇乌紫，气若游丝，眼见蛇毒攻心就要不行了。娘子见状，大惊，也顾不得许多，忙进了那平日收放草药的仓房，闻闻，嗅嗅，不知找出几种什么草来，放在口里，嚼碎了，回来涂在他伤口处。又嚼碎了，让人撬开他的牙关，将那嚼碎的草渣草汁灌下去。就这么，不住地嚼，不住地涂抹、灌药，几袋烟的工夫，昏迷不醒的胡爹起死还阳地睁开了眼睛。

几日后，胡爹胡婶带着顺娘和金郎，上坡来。胡爹的腿，还有一些跛。胡爹跛着腿却仍然走得精神抖擞。他们带来了各色的谢礼，一进门，胡爹就让顺娘和金郎，双双跪下了。胡爹开口说道：

“先生娘子啊，人常说，‘滴水之恩，涌泉相报’，这救命之恩，何以报得？——大恩不言谢。”说着他朝着许家娘子深深一揖。

娘子忙闪避开，回答说：

“这是从何说起？医家可不就是治伤治病的？我那也是急昏了头，碰巧而已。”

胡爹连连摇头：“娘子啊，你可知道，伤我的那东西是什么？”他伸出一只巴掌晃晃：“五步蛇！吃它一咬，人扛不过五步去，剧毒无比，我还没听见过有谁能从它口中逃生的！你那草药，可真是仙药呀！”

胡爹感慨万分。

这件事，一传十，十传百，传得很远。就又有那被毒蛇所伤的人投奔了来，娘子仍是将几味草药嚼碎了敷到伤口处，竟都有奇效。慢慢地，就琢磨出了回春散这主意：将那草药制成了成药。一个小小的生药铺，在这边地荒村，开起来了，卖专治蛇伤和解五毒的奇药回春散，也兼配其他，掌柜的又兼当坐堂先生，虽说只有一个学徒小伙计，可日子仿佛又回到了从前，至少，有了熟悉的气息。

许宣不知道这是好还是不好。

那胡爹是个有心人，虽说死里逃生，却一直心存蹊跷，他想，什么仙草，有这等回天之力？他还想，祖祖辈辈，吃这山林，住这山林，怎么还不如一个初来乍到的外乡人识得这山林的宝贝？他又想，日日在山里，捉蛇捕蛇，吃蛇的肉，喝蛇的胆，剥蛇的皮，怎么反不及一个足不出户的妇道人家有降服它的绝技？心里这样疑惑，对那回春散就分外地好奇，知道那是一宗大宝贝。他悄悄对金郎说：

“儿啊，自古以来，学艺就是偷艺，你可要上心。”

如今，这一家人，和许家走动得如同亲戚一般。那顺娘，不光爱粉孩儿，也喜欢年龄同她相仿的小青儿，当她是姐妹。顺娘问青儿：“贵庚多少？”那是学金郎文雅地说话。青儿不懂什么是“贵庚”，就反问：“你贵庚多少？”

“十七。”顺娘回答。

“比我小多了。”青儿高兴起来，原来贵庚是指年岁，“我贵庚十六。”

青儿真的不知道人的年岁该怎样计算，她也不大懂数字，就信口胡诌。顺娘笑弯了腰，捂着肚子喊“哎哟”。“哎哟青儿哟，你这样伶俐，原来不识数啊！”

青儿也笑了，知道自己弄岔了，就说：“逗你玩呢！”

顺娘说：“我看你，恐怕还没有十六岁，和我家金郎差不多。你得叫我姐姐呢！”

青儿一抬眼，看见那金郎，正在院子里收草药，小小的个，还没长成，落日的余晖洒在他身上，金灿灿的，真的成了一个金人儿。青儿“扑哧”笑出了声：“顺娘啊，你和金郎加起来，也不如我大呢！”她像怕晃眼似的眯细了眼：“我一千岁了呀！”

这是一句不能出口的话。她忽然起了深深的乡愁。她想起了蟠桃园，想起了从前无忧无虑、无知无觉、没有快乐也没有痛苦的那些岁月，和平、安静、悠长，没有历史，一千年如同一天，一天如同一千年。她为什么要离开那里来这人间呢？这是一条不归路，没有谁，能从这条来路上走回去的。不管你遭遇到什么，不管你被欺凌、伤害、作践成什么，你都回不去了。

青儿眼睛潮湿了。

第五章

如梦令

一

我母亲说，所有的客家人都有两个老家，一个在南方，一个在北方。但是真正的老家都在北方，长江以北，黄河以北。我母亲说，她就是客家人，她姓胡，胡人的胡，地道的北方姓氏。可是我母亲从来没有回过她的老家，既没有回过南方的老家，更没有回过北方真正的老家，她连老家叫什么名字，在哪个地方，通通不晓得，她只晓得自己家已经在杭州住过许多代人了。听她这样讲，我就回答说："你老家在碧桃村，村前有棵老槐树，老槐树的树皮都被人剥光了。"我母亲直瞪瞪地看着我，张开的嘴半天不能合拢。我母亲说："小妖精，胡说八道，你怎么能晓得连我都不晓得的事情？"我说："我是在梦里看见的。"我母亲说："小妖精，你还看见些什么？"我说："还看见好多好多的山，山多得数也数不清，山上长满了树，树也多得数不清，还看见一条小河亮亮地从村前流过。"说这些话的时候，我正在小学读一年级。我的同学们都有老家，只有我没有。我的老家在梦里。我母亲抹抹额头的冷汗，拍拍我的手心说："秋白呀，以后不许胡说，一棵老树被剥光树皮站在村前，吓死人，妈妈不要这样的老家。"可是，我没有胡说，我梦里的老家就是叫碧桃村，村口就是立着一棵剥光了树皮的老槐树。隔着老槐树惨白交叉的树枝，能看见远处的小河，一闪一闪，就像老槐树睁开许多只眼睛。因为母亲不相信我的梦，还有件事情我从没有对她说过——每一次在梦里，我都会听到同一个男孩儿在唱同一支歌谣：

秋风起，山蛇肥，
谷入仓，草虫悲，
北雁迢迢往复回，
鸡黍腊酒祭阿谁？

这个梦我一直在做，一生当中做过许多次。后来的事实让我确信，一个人刻骨铭心的经历，不管相隔多么久远，不管相隔多少岁月，总是要回到你的身体里来。

十八岁那年我曾从一场大病中死里逃生。可是，对于这次的经历，我和我母亲的记忆大不相同。

我在十八岁那年因为一场大病死过一次，但是我的命太硬，硬得连阎王爷也奈何不得。我母亲说，那一次我得了一种无法诊断的怪病，一连十几天高烧不止，中医西医都看过，中药西药都吃遍，高烧还是不退，到最后不吃不喝人事不省。情急之下，她请来了神婆在我床前作法驱邪，可病情还是丝毫不见起色。我母亲说，天底下再没有比眼睁睁看着自己的亲生骨肉死在眼前更惨的事情。眼看一切努力都毫无效果，我母亲不再存有任何幻想。她亲自为我去订下了最好的棺材，又把仆人们打发出我的房间，亲手为我擦身洗脸，为我梳头挽发，为我施粉描眉，为我插上金簪、套上白玉镯、戴上翡翠耳环，然后，又挑出我平时最爱穿的那件湖绿色的绣花长袍，和她亲手绣出来的一双大红绣花鞋给我换上。我母亲做得一丝不苟，她要让自己的女儿漂漂亮亮地上路。仆人们守在房间外面呜呜地哭，家里楼上楼下一片葬礼的气氛。从小给我喂奶的刘妈不忍心再看下去，一个人跑到净慈寺去烧香磕头，泪流满面地把绝望交给佛祖。我母亲说，她把一切都做好之后，搬了一把藤椅坐在我面前。我母亲说那一刻她看见自己的女儿美貌绝伦，我母亲说那一刻她除了“天仙”这两个字，再也想不出别的词来形容。我母亲握住我冰凉的手放到她温热的脸上，心里忽然想起十八年前我刚刚出生时的样子，那时候粉白娇嫩的一个小人儿包在襁褓当中，她也曾把我冰凉的双手握在她温暖的手心里。我母亲坐在藤椅上，独自一人揪心地叹息："秋白呀秋白，你好狠心，你害得妈妈空欢喜一场，既有今日，你当初又何必非要到我家来，何必非要来找妈妈呀……”母亲的眼泪止不住地流到彻底的绝望当中，就像一条荒河渴死在茫茫大漠的沙地上。

我母亲说，就在全家上下都在准备丧事的时候，刘妈突然带了一位僧人从净慈寺赶了回来。刘妈上气不接下气地说：“这位师父是净慈寺的游方和尚，他说有办法能救小姐一命。”我母亲握着我的手没有抬头，吩咐说：“给这位师父十块银元，送师父上路吧，我现在只想让秋白安安静静地走。”

听我母亲这样讲，那和尚并不动气，微微一笑说：“谢谢这位施主的好意，可贫僧并非为化缘而来，贫僧是为救人而来。我也知道自己现在是空口无凭，难以博人一信，可生死大事一切在天，更何况病人现在一息尚存，女施主不妨让我试一试。何必因为不信而断了你家小姐的一线生机？”

听和尚这样讲，刘妈和仆人们都围上来哭求，都劝母亲死马当作活马医，就当是为了小姐碰碰最后的运气。

我母亲从藤椅上转过身来问：“敢问这位师父，你可有什么法宝么？”

和尚不卑不亢从怀中取出一个纸包来说：“贫僧并无法宝，只有这一服自己配制的秘方，用陈年的花雕老酒调拌即可。只是用我的药，还需两件东西做药引子，先麻烦施主去找一只银环蛇的蛇胆来。”

刘妈急问：“立时三刻到哪里去找蛇胆？”

和尚说：“杭州城里怡香斋的蛇羹四季闻名，去怡香斋买蛇胆立等可取。”

母亲问：“那另一味药引是什么？”

和尚还是不卑不亢说：“等蛇胆拿来再说不迟，另一味药引子就要听天由命，要看小姐自己了。”

一家人都围在楼上我的房间里等着奇迹出现。花雕老酒拿来了，银环蛇的蛇胆也拿来了。和尚从容不迫调好药酒，对我母亲说：“女施主，我还要小姐自己身上的两滴活血。”

母亲说:“师父眼前明明是个半死的人了，到哪里去找她的活血?”

和尚说:“不妨一试。”

我母亲把心一横，顺手从头上拔下自己的银簪，捏住我的手指刺了进去。

让所有的人大出意外的是，鲜红的血立刻流了出来。和尚把血接到酒杯里，撬开我的牙关把药酒灌了下去。和尚说:“请各位退下静声息事，耐心等待。”

说完和尚走到楼下院子里席地而坐，双手合十，念起了经文。

不到一个时辰，奇迹果然发生了:随着一声呻吟，一身华服美若天仙的我，在病床上睁开了眼睛。在瞬间的惊呆之后，房间里立刻爆发出喜极而泣的哭喊声。等到我母亲吩咐快去把师父请上楼来的时候，院子里已经空无一人了。母亲命人赶快去追，可一直追到净慈寺还是不见踪影。母亲问刘妈:“师父叫什么?”刘妈摇摇头。又问:“秘方叫什么?”刘妈还是摇摇头。刘妈说她只顾得着急救人，急得昏了头，什么都没有顾得问。

正在刘妈后悔莫及的时候，我在床上说:“我吃的是回春散。”

我母亲满脸诧异目瞪口呆地回头看看我，母亲说:“秋白，你刚刚醒过来，不要说胡话!”

我已经说过了，对于这次的死里逃生，我和我母亲有很不相同的记忆。在他们眼里，昏迷不醒的弥留之际，我只是躺在床上等着咽气。其实，我自己的魂魄清醒无比，我只不过是出了一趟远门，去了我在梦中曾无数次见到过的那个地方。我走过了那些山、那些水，我看见有人挑着柴担从山林里迎面走来，看见我，歇下担子说道："娘子，给拿两包回春散。"我看见了那棵被剥光树皮的槐树，树下，绿茸茸的草地上，一个小小的孩子盘腿坐在那里，他穿一身红衣裤，梳着朝天鬏，神情十分严肃。我心跳着走上前去，在他面前蹲下，他久久望着我，突然忧伤地一笑，说道：

"一日不见如隔三秋呀！"

那一刻，我魂游千年。

我走进了我的前生前世。

二

那一天，清早起来，青儿和娘子发现刚刚被九叶草救转过来的许宣已不知去向时，青儿怒不可遏：

“这个薄幸的男人，姐姐舍生忘死救他，他竟敢不辞而别！看我抓他回来谢罪！”

眼前那间空荡荡凉冰冰的屋子，忽然间让娘子了无牵挂，她觉得一颗心骤然间也空了，就像这没有了负累的屋子。她摇摇头一把拉住了青儿：“天要下雨，娘要嫁人。挡不住的。”她说：“走就走吧。还是走了好。早走还是比晚走好。”

看她这样无动于衷，青儿大惑不解。“青儿啊，”娘子笑笑，“只有咱们俩，不是更快活吗？我想过快活轻松的日子了。”

青儿将信将疑。不过，过快活轻松的日子，青儿自然是愿意的，她都快被这一日三餐辛辛苦苦规规矩矩的日子憋屈死了。“姐姐呀，你不是气糊涂了吧？”青儿看看娘子的脸色，小心翼翼又有些兴奋地发问。

“我糊涂了三千年，刚刚睡醒。”娘子笑了，轻轻拍拍青儿的手臂，“你就别问了，走，打扮打扮，出门快活去！”

她对镜梳妆，理云鬓，贴花黄，系上崭新的白绫裙，将红唇点成了一朵鲜艳欲滴的海棠花，红白相映，芳香袭人，真是风情万种，妖冶无比。青儿看呆了。娘子说："走啊，大家出门寻快活去！"

出门雇了车，直奔西湖而来。只见那西湖，满湖的荷花开了，满湖都是人间的艳情。蓝天红日映着画舫小舟，也是艳情的，又艳情又放浪欢乐。两人坐在断桥小亭下，看湖边如织的游人。看那男人，个个都像无忧无虑的登徒子，华服锦袍，环佩叮当响；看那女人，衣香鬓影，摇曳生姿，快活都写在脸上。过来一队娶亲的仪仗，吹吹打打，抬着描花绣朵的大花轿，轿帘低垂，唢呐声欢天喜地，更是艳情和欢乐的峰巅。青儿看得直摇头，说道："姐姐呀，怎么人家个个都比我们快活呢？"娘子说："谁说我们不快活？我们这不是找快活来了？看我的。"

刹那间，起了乌云，乌云把西湖遮没了，遮得密不透风。突然一个大炸雷，炸得湖面上的画舫小舟，一阵乱摇晃。接着就是倾盆大雨，大雨把天都下白了，雨点砸在水面，沉甸甸，鞭辟入里，砸得湖下的鱼虾直往湖底逃窜。迎亲的唢呐哑了声，仪仗四散，花轿被弃在了大雨中。再看那一干鲜亮的男女游人，个个成了落汤鸡。青儿哈哈大笑，笑出了眼泪，嘴里喊着："姐姐呀！姐姐呀！"

接下来的日子，这一座城，怪事不断。先是那净慈寺十五炸油香，一粒油星溅出来，引起一场大火。大火将那寺院，烧了个片瓦不留，人倒一个没伤。只是那一场火，来得蹊跷，去得也蹊跷。本来好端端的艳阳天，一粒油星溅在柴草上，突然起了怪风。等那大火轰轰烈烈眼看要殃及别家时，又突然来了瓢泼骤雨。一城人，议论纷纷，说："天火啊，天火啊！"又两天，忽传库中官银被盗，那官衙银库，封记锁押，丝毫未动，也没有贼人掘出的地穴暗道，密室中，五十锭大元宝不翼而飞！官府张榜悬赏，限期缉拿贼人。忽一日，贼案告破，竟是在烟花巷天香院中起出了一半贼赃。二十五锭大元宝，明明白白，凿着官府钤记，想赖也赖不掉。那天香院老鸨，大呼冤枉，可不是有那句老话吗，"捉贼要赃"，现放着贼赃在此，百口莫辩。天香院自然是查封了，老鸨一干人犯，羁押在监。却不想，又有人贴出街贴，说那府官是贼喊捉贼，另一半赃银在他自家府院梅树下埋着。府官大怒，要捉拿造谣之人，却果然在那梅树下挖出了二十五锭清清白白大元宝，个个钤印着官府印记。把个府官，惊得目瞪口呆。

热闹一桩接一桩，青儿和娘子纵情开怀，隔岸观火。青儿惊喜地说："姐姐呀，你原来这么会胡闹啊，能闹出这么大动静啊！"娘子说："这算什么大动静？寻个快活罢了！"笑了笑，又说道：

"一个妖精，不胡闹，还能做什么？"

听她说出这个"妖"字，青儿心里痛了一下——她知道她的姐姐是怎样拼了性命想做一个"人"的，可是"人"抛弃了她。她愣愣神，只听娘子又一拍掌，说道：

"走啊青儿，我再带你去一处热闹地方散闷。"

两个人，改了装，扮成了清俊的书生和秀才，足蹬皂靴，摇着百折描金春罗扇。那青儿，穿不惯皂靴，走得一扭一摆，一扭一摆走进了戏园子。台上生旦净末丑，装扮了，不知道唱个什么。两人要了一壶香茗，一碟瓜子，几盘细点茶食。起初，听不懂人家唱的是哪一出，听着听着，听出了些门道。那一生一旦，原来是一对生死爱侣，幽明两隔，男人思念死去的女人，忧伤成疾——“相思透骨沉疴久，越添越瘦”。于是拜托和尚道士，遍寻碧落黄泉，去觅女人的魂魄。那道士在仙山找到了女人杨太真，对她诉说男人的思念之情：

“自回銮后，日夜思，镇昏朝潸潸泪滋。春风秋雨，无非即景伤心事。映芙蓉，人面俱非；对杨柳，新眉谁试。特地将他一点旧情，倩咱传示。”

人家唱到这里，只见那小青儿，忽地从座上站了起来，对着那台上喊：“仙姑姐姐啊，你别听他胡说八道，都是骗人的，我家姐姐就被骗了呀！”

台下大乱，人们不看戏，都回头看她，还以为碰上了砸场子的。娘子赶忙起身，朝四周一拱手，说：“得罪得罪！”扯着那小青儿就往外走。出了园子门，娘子点着青儿的脑门说道：

“那是做戏呀。”

“做戏怎的啦？做戏就能骗人呀？”青儿理直气壮，一挥手，搅起一阵风，将那戏园子高悬的金字招牌“咣当”掀落在地，过往行人一片惊叫，这才稍觉解气。看着那乱作一团的背影，青儿忽然回头问道：“姐姐呀，什么叫‘做戏’？”

娘子把手中的折扇打开又收回，收回又打开，眯起眼，轻轻拍拍掌心："做戏嘛，就是把真事当假事，把假事当真事——这，就是做戏吧？"

"那我们此时岂不就在做戏？"青儿恍然大悟。

这一天，两个乔装改扮的姐妹，去了湖边的酒楼，要了一桌的酒菜，边吃边饮。酒是桂花米酒，菜是西湖新鲜的鱼虾和莼菜。还叫了唱曲儿的来助酒兴，好不快活。只听那唱曲儿的小娘子莺喉婉转地唱道：

"江左昔时雄胜，钱塘自古荣华，不唯往日风光，且看西湖景物：有一千顷碧澄澄波漾琉璃，有三十里青娜娜峰峦翡翠。春风郊野，浅桃深杏如妆；夏日湖中，绿盖红蕖如画；秋光老后，篱边嫩菊堆金；腊雪消时，岭畔疏梅破玉……"

西湖四时的美景，都让她赞到了。而真正的西湖，就在她们眼前，晴光潋滟，如真如幻。青儿听着听着，伤感起来，她就是贪恋这人间美色才踏上不归路的呀！娘子也沉默不语，桂花米酒，吃了一盏又一盏，两个人，不知不觉吃下去一坛。那米酒是有后劲的，两人都醉了，出得门来，已是"月上柳梢头，人约黄昏后"的暧昧时刻，那西湖，正如曲中所唱，"满湖星斗漾珠玑"，就像黑夜璀璨的心事。她们摇摇晃晃踏着月色回家去，走着走着，只见娘子忽然用百折扇掩住了自己的脸，不一会儿，就见娘子的肩膀抖动起来。

她哭了。

落泪无声。止不住的眼泪落进深不见底的空荡和冰凉之中，她哭得痛彻心脾。

青儿不说话，就让她哭。她知道她憋了太久太久。她知道，她这么疯、这么胡闹其实都不是她的本意。她哭得无声无息，这无声无息让青儿无限心痛。许久，她从折扇下面抬起了泪脸，说：

“青儿啊，我来人间，不是为了做一个妖啊！”

那一晚她大醉，狂呕不止，搜肝刮胆，最后呕出鲜血来。她哗哗流着眼泪，醉话连篇。她一遍又一遍地说：“青儿啊，我来人间，不是为了做一个妖啊！”青儿抱着她，把她抱在怀里，青儿也哭，青儿哭着说道：“姐姐呀，你不是妖，你是人，你是人里面最好的好人……”青儿其实想说的是：“人算什么东西？那些人哪里配得上你？”她依然泪如泉涌地摇头，说道：

“青儿啊，你别宽慰我了——我的泪是冷的，我害怕雄黄，三杯雄黄就毁了我三千年苦修才换来的珍宝……说到底我不是一个真正的人！可为何我也不能像你一样，甘心情愿做一个妖？若我是个快乐的真正的妖精该多好啊！若我是个真正的不掺假的人该多好啊！为什么我什么都不是——”

她不是问青儿，她是问天，问地，问神灵和造物。她不知道自己是一个错误，是一个神的错误。神也是会犯错的啊！神给了她一颗人的心，却又给了她一个蛇的身体，让她忍受这种撕裂的剧痛。她是造物的怪胎，生而不幸，不管是做人还是为妖。

“青儿呀——若有来生来世，让我变成石头吧，让我变成草木吧，我们等，我们一起再等三千年……”

那一夜如同地狱，青儿眼睁睁看着她受难，却丝毫没有解救的方法。她抱着她，不知道她的痛楚来自身体的哪一处地方。她的手上染了她呕出的血，红得触目惊心。天快亮时她们方沉沉睡去，梦中，忽听她大喊一声“官人哪——”，青儿被吓醒了。青儿怔怔地流下泪来，终于明白，原来，她对那无情无义的官人是如此地不舍，如此地痴迷。原来，舍不下一个尘世间的凡人竟是这么煎熬可怕的事。

从第二天起娘子就病倒了，昏沉沉卧床不起，吃不下饭，咽不下水，吃进一点东西就呕出来，呕到最后就是血花四溅。青儿没了主意，不管三七二十一，跑到街上去，请来了给人看病的郎中。那郎中隔着帐子诊了一回脉，一拱手，对青儿说道：

“恭喜恭喜，娘子这是喜脉。”

青儿听不懂。“人病成这般模样，怎还会有喜脉？”

“娘子这是有喜啦，”郎中说，“有小官人啦。”

这话，如雷轰顶。送走那郎中，青儿一撩帐子，只见娘子竟然起身靠在榻上，满脸是泪。

娘子怔怔地发问：“青儿，我不是做梦吧？”

青儿回答：“恐怕不是。”

“我真的有喜了？”

青儿点头：“有小官人了。”

“阿弥陀佛——”她猛然双手合十冲天念了一声佛，“我怀上了我官人的孩子！我怀上了人的孩子！”

一切病症，如同奇迹一般，消失得无影无踪。病愈的娘子如同蛇蜕一般出落成了一个新人。她一下子能吃能喝，脸上有了光辉，眼睛里汪着活水。她安静下来，再也不胡闹。她常常凝神静气，聆听身体深处那神秘的巨变，一点小动静也让她惊喜不已和害羞。青儿被娘子这变化弄得目瞪口呆，不知道这是桩好事还是坏事，可冥冥之中，她知道这是一个非常时刻，她要为她的姐姐坚守这个宝贵的时刻。“青儿呀，”她告诫自己，“现在不是胡闹的时候啊。”她陪在娘子身边小心翼翼，规规矩矩过着人的日子，但娘子从她的眼睛里看得出，这小蛇妖无限怀念着刚刚过去的欢乐和疯狂。看着小心翼翼的青儿，娘子心里生出无比的歉疚，她把青儿的手握在自己的掌心里，说：

“青儿呀，姐姐今世给了人间，姐姐来世还你。”

青儿笑笑，说：“我不给人看不见的东西，我也不要姐姐的来世。能和姐姐今生今世在人间高高兴兴，我心满意足。”

那一刻，娘子忽然觉得，眼前一片清风白月。

一天深夜，青儿忽然被娘子推醒了，只见娘子坐在她床边，屋里没有点灯，也没有涌进来的月光，可是娘子的脸白得恐怖，在漆黑一团中鬼魅般触目。她吓一跳，不知出了什么事情，只见娘子直勾勾望着她，问道：

“青儿啊，你说，我肚子里怀的，真的是个小官人吗？”

"是啊，郎中说是，"青儿回答，"要不就是个小娇娥？"

"青儿——"她一把抓住青儿一只手，把它按在自己肚子上，"你说，我肚子里，会不会是一个，是一个——"她恐惧得说不出那个"妖"字，"会不会不是一个人？"

"呸呸呸！"青儿叫起来，"天哪天，姐姐呀，你怎么会有这种怪想法？"青儿仰起脸朝天空喊："过往神灵，各位仙兄仙姊，你们听好了，我姐姐可是在说胡话！"

可是这念头，来了，就不走了，住进她心里，和那团血肉，一起长大。最初单纯的狂喜，一个母亲的狂喜，被这疑问摧毁了，变了形。她开始忍受另一种折磨，她抚摸这看不见的生命，神秘的生命，不停地被一个止不住的想法折磨：我把你带到人间了，孩子，可是你是什么？她想象这个生灵将会遭遇和自己一样的苦痛，这想法让她发抖，也让她对这个可能遭遇不幸的生命更加珍爱和怜惜。只有想到孩子的父亲，她才会松一口气，她宽慰地、心存侥幸地想，这是一个父亲的孩子，"人"的孩子。

佛祖保佑他是人的孩子。

一直，她都不忍心对这个弃她而去的人做狠毒的事，不忍心报复他。她一怒之下烧了那曾经容留法海的净慈寺，她伤心欲碎地恣意胡闹狂为，却没有追到金山寺去和法海清算。多少次，青儿从梦中醒来，高兴地对她说："姐姐呀，好痛快呀！我梦见咱俩兴风作浪，水漫金山，那贼法海喂了鱼鳖啦！"她明白青儿讲的不仅仅是她的梦，那是一个愿望。可是她不答应。他在法海手里，她的亲人。她不能以一个妖的手段去夺他回来，她不能以一个妖的面目和这亲人见面，她不能做如此狠毒的事。由恨成妖，恰恰正是法海所希望的。

她不恨这背弃的人，没有一个人甘心情愿和一个妖厮守，那需要至情至爱和大悲悯，需要一颗佛心。而她的官人许宣，不过是一个凡俗的、平常的、令人心疼的凡夫俗子。第一眼看见他，她就心疼。他挟一把破伞，穿一件打补丁的青布长衫，弱柳临风站在船头，她一阵心疼——喜爱到心疼。她的人来了，这是人间给她的至宝。

最幸福的日子是他给她的，最快乐的日子是他给她的。那时她不知道这是梦幻般的幸福，她以为和他厮守做一对烟火夫妻是一生一世的事。她不知自己是在隐藏。两千九百九十九年的苦修埋葬了她作为一条蛇的前生前世，她用两千九百九十九年的时间换得了一个平凡的肉身、凡胎的今生。她不要呼风唤雨，不要奇迹，不要长生不老，她只要这几十年执子之手，与子偕老的“人生”。她用两千九百九十九年投生再造迎来的今世，是光明磊落理直气壮的。

但是法海的到来毁了这一切。

这个残忍的审判者以三杯雄黄酒结束了她作为一个人的历史，或者说，结束了她作为一个人的幻觉。他假她亲人之手，使他们俩同时沦入地狱。他逼她重回首，再做妖。他逼她的亲人和他一起联手来屠杀自己的结发之妻。

可是孩子来了。这是那个挟着破伞、穿打补丁长衫、弱柳临风叫人喜爱到心疼的男人给她的馈赠，是“人”给她的馈赠。法海最终没能让这个男人真正背弃她，他留在了她身子里，和她一块受难。当三杯雄黄酒发作，她周身上下每一寸体肤从内到外忍受着如灼如割如撕裂般剧痛的时候，他在她体内，和她一起忍受了这地狱般黑暗的疼痛。原来，他从没背弃她，在她以为他远走高飞离她而去的那些痛苦的日子里，在她伤心欲绝发疯胡闹作践自己的日子里，她不知道，他其实一天也没离开过她，一刻也没离开过她，没有谁能把他真正夺走——他们已融为一体。

她抚摸那谁也夺不去的生长的血肉，她想，儿，你就是你父亲。

三

当内应、奸细许宣在涌金门码头下了船，一路心事重重行来，行到箭桥双茶坊巷时，天已黑尽。他踌躇再三，反复掂量，最后，一咬牙，一跺脚，推开了那妖精盘踞的家门。可是他看到的是这样一幅情景：油灯下，如花的娘子正在垂头做针线，缝着一件小衣服。是婴儿的红肚兜，鲜红的绫绸上绣满了鲜花。床榻上，摊着一床这样的东西：小袄小裤、小被子，还有小鞋小袜、小小的虎头帽。听到门响，娘子抬起了头，他看到了她脸上的蝴蝶斑，那是人间有孕的女人最常见的标记，羞涩静谧，那是要发生天底下最大事件的证据。他惊得张大了嘴，说不出话。那些小袄小裤纯洁无瑕地躺在温暖柔和的灯影里，天真安静地斜睨着这个就要做父亲的叛徒。

最后，他哭了。

第六章

秋风起

一

《法海手札》

我从未敢轻视过我的对手和敌人，然而，我却错误地相信了我的同胞。这是我犯下的第一个错误。

让那个胆小鬼去做内应，真乃荒谬绝顶。我确实需要相助，需要一个帮手做内应，但是还有另外的原因，更为隐秘的原因，也许那才是促使我做这决定的真实动机，也是我最终留下这篇文字的缘由：

它（她）使我困惑。

多年前，跟随吾师慧澄四海云游，曾在洛阳城遇到过一位道家真人，俗姓蒋，人称蒋真人。其时，洛阳城街肆书场中，说书人都在争说这蒋真人的典故：《洛阳三怪记》。说的是，洛阳城外一个叫刘平事的家中有一座废园，荒芜多年，废园中有三怪盘踞，中有一怪，化作一个美貌妇人，专诱青年男子上当，将其骗进园中，行男女之事，做露水夫妻。待骗得新人至，就将前夜旧人缚于柱上，活活剖出肝胆下酒，不知已作害多少无辜。幸而后来人们从中岳嵩山之上请来了这蒋真人，书灵符，念咒作法，忽喇喇遣来天宫神将，将三怪一举拿获，在神坛前立时打死现形，原来那三怪，一是白鸡精，一是赤练蛇精，一是白猫精。

擒妖之事，听来如同儿戏般欢喜。

可那才是世人心中的妖精，花容月貌掩盖着吃人不吐骨头的本性，残忍、淫荡，古往今来，如出一辙，也是我心中妖孽的形象。蒋真人那样的除妖人，亦是世人心中的除妖人，调天兵遣天将，无往不胜，神奇到儿戏化，却也是我心中除妖人的楷模。直到师父喷溅的鲜血洗去了我这一谬见。

直到我碰上了这命中注定的对手。

一个另类的妖精，或许，更阴险、恶毒、可怕。吃人心剖人肝的只不过是一些小妖小怪，大奸若忠，大智若愚，讲的就是这一番道理。一个“良善”的妖精，一个看似“无辜”的妖精，一定是包藏了大祸心的，这是我用来说服自己的唯一理由。

我用师父的钵盂贮水，做照妖镜。水中映出的是我自己的脸。我还远没有吾师“无我”的道行。我顿悟，这宝器，在“无我”之境的人手中，乃镇妖之宝，是照妖镜，在凡夫俗子手中，照见的只能是自己的心魔。我捧起钵盂饮三大口清水，闭目打坐，水过之处周身寒彻空明。我再与钵盂中的“我”对视，知道了那心魔即是我的“不忍”之心。

我与那蒋真人曾有一面之缘，吾师慧澄是他的旧相识，他们相见会晤，我于一旁侍立，他真是一位鹤发童颜仙风道骨的高人。说起擒妖诛三怪之事，他不屑一顾，道是:“区区小妖，诛之如荡腥秽，何劳相问?”那神闲气定的语气让年轻的我钦佩到五体投地。过去这么多年，我仍然常常想起这位高人，是什么样的苦修和力量能使他除尽人心中最后那一点“不忍”?

为什么是我，而不是这位修炼到化境的真人和这蛇妖遭遇?

何况，单说斗法，我亦没有胜算的把握。若没有那蒙在鼓中的许宣相助，我又有什么方法让那蛇妖自己饮下雄黄?我空有七宝镇妖塔和紫铜钵盂，却近不得她身。当年，师父与那九尾妖狐意念交锋，恶战七天七夜，最终同归于尽，也是因为无法近身之故。我远无师父之法力，更无天上神兵神将相助，我只能用人间兵法巧取，所谓兵不厌诈和里应外合的偷袭——这是我说服自己放那许宣归去的光明正大的理由。

我本当在许宣归去之后立即赶赴杭州，但第二天发生的一件事情阻隔了我的行期，这是我犯下的第二个错误。

自吾师诛九尾妖狐，时间已过去十多年，老皇崩，新皇即位，年号更替，祸乱宫闱的妖孽已除去多日，但天下仍是一个暴政和流血的天下。战乱和边患、灾荒和饥饿、猛于虎的苛政，使大批流民、饥民年年自北南下，或是自南北上。面对这人间的恶行，人的大恶和大罪，我无能为力，我的宝器亦无能为力，我的宝器在人的罪恶面前还不及一件摆设。我、师父、蒋真人，我们能对付能惩罚的不过是狐狼蛇鼠，而红尘中的万丈罪恶，我们只能“度”，审判者不是我们。

有时，我会忽然冒出一个十分可怕和罪孽的念头，我想，在“人”和大罪恶面前，师父的血流得是否值得？

这念头让我冷汗淋淋。

那天深夜，有人叩响了山门。小徒将一个不速之客带进了我的禅房。来客是一个少年人，农夫打扮，浑身血迹。他脚步踉跄冲进来倒头便拜，说：“师父救命！”我认出了他。城中四个城门口，东西南北通衢大道，到处悬挂着他的画像。是朝廷重金缉拿的钦犯。他父亲乃朝廷重臣，因言获罪，被判谋逆，满门抄斩。一个狱吏冒死救出了这少年，他让自己的亲生儿子顶替少年赴了法场，是想为这忠良之家留一条血脉根苗。事情后来是怎样败露的，我不得而知。只知狱吏一家也被灭门。此刻，这两家人鲜血成全的少年跪在我面前，浑身颤抖，满身是血。我扶起了他，说：

“能进这山门来，便是檀越与佛门和贫僧有缘。”

我不动声色，心里却如卷狂飙。我知此事关系重大，丝毫不能走漏风声。我让最信赖的弟子悄悄将少年藏进寺院最深处一间僻静的厢房里。第二天那孩子高烧昏迷，原来他摔伤一条腿，伤口红肿灌了脓。我用草药煮水为他清洗伤口，仍不见大效。三天后孩子说起了谵语胡言，喊叫着爹和娘。我心急如焚，我不能让这吃尽千辛万苦叩开佛门的孩子、这两家人性命鲜血成全的一根独苗，倒在这菩提莲台之下。我是通一些岐黄之术的，我吩咐弟子点上火盆，端进屋来。那少年人身上有一把短刀，够锋利，吹毛断发，想来是有人赠他防身用的，如今刚好用来救他性命。我净手焚香，在佛祖面前告罪，恕我动了杀人的刀兵之具。我将那利器在火盆上烧红了，“噗”一刀剜开伤口，一股烧焦的恶臭冲天而起，黄脓汩汩涌出，少年人一声惨叫，昏死过去。

外面，传来诵经声，伴着钟磬和木鱼。我有意选了晚课时间动这一刀，是为了掩盖那一声惨叫。

我救活了那少年。一月后，我送他上船，将乔装改扮的他送到了一处安全的地方。即使在此刻，我也不能透露他的行踪。我知道他过得还好，也安全，只是内心痛苦。我日日为他念禳灾平安经，不管我是在哪里，在这个世界，抑或是彼岸。救人一命胜造浮屠，我不求浮屠立地，只盼望在这少年身上留下一点善根，或许能给这罪恶昭彰的红尘大漠里留住一片绿荫。

一月后，当我赶往杭州城双茶坊巷时，哪里还有许宣和那妖蛇的踪影，早已是人去屋空。我并不太觉意外，甚至松了一口气。那是太阳下山的时分，几个小童放学归来，唱着童谣，很欢乐。我想起几个月前，也是这样一个傍晚，人群中与我擦肩而过的那个极欢愉、极幸福的许宣。我默默站了一会儿，一个小童经过我身边，问道：“师父，你可是要化缘？”我摸摸他头，念了一声“阿弥陀佛”，转身走了。

但是吾师追我到梦中。吾师神情严峻，对我说：“法海，宝器在此，你是一个铁面无私的除妖人！”

我又开始了我的云游，只身一人，怀揣我的宝器。我似乎喜欢上了这样的生活：没有方向，走在路上，就像水在没有河道的平原肆意地流，任何一点蛛丝马迹都可能改变我的目的地和行程，今天朝东，明日向西。追寻变得不再急如星火，我相信她的隐藏是真正的大隐，不管在市在野，能隐藏一个妖的本性，心甘情愿过人的日子才是大隐藏！在人海中寻妖是容易的，因为那妖与众不同，但在人海中寻觅一个平常的人，就如同大海捞针，靠的是运气和缘分，也许在明日早晨，也许一生一世。

走在路上，常常会经过一些有故典的地方，这些地方都出过著名的拿妖除怪的掌故。一次我路过定山，“新罗白鹞”，也叫“定山三怪”的故事就发生在这里。说的是丞相之子崔衙内，一日，带着新罗国进贡的白鹞游春打猎，遭遇了骷髅神、虎妖和红兔怪的故事。那三怪，吃人心人肝，用人血酿酒，其中这红兔怪，化身成美貌妇女，自然是缠上了美丈夫崔衙内，追随那衙内到家，苟合成欢，欲坏他性命。最后，来了一个神通广大的罗真人，兴风作法，请来天上两个道童，一个拿缚魔索，一个持黑拄杖，三下五除二，降伏了那三妖。后人有诗为证：

虎奴兔女活骷髅，作怪成群山上头，
一自真人明断后，行人坦道永无忧。

又是一个“洛阳三怪”的故事，又是一个和蒋真人一般的罗真人！可惜我没有他们那样的运气，我没有见过如此罪恶昭彰的妖孽，命中注定我要追寻一个没有劣迹的妖精！那一日我宿在一座荒村野庙，北风呼啸，伴着声声狼嚎，我点一堆篝火，一宿打坐，盼着一个作恶的妖精推门而入，和我恶斗一场，却一夜平安无事。头顶上，黎明前漆黑如墨的夜空晨星寥落，渐渐升起的曙光告诉我，太阳将要照亮的人海就是我的苦海，就是我的宿命。

冬去春来，星移斗转，又是一个端阳了，又是一个中秋了。我从北向南，跋山涉水，也不知走了几千几万里，也不知穿破了几多双芒鞋。这一日，我翻过了梅岭，宿在一座小城郭，短短一条小街，只有一家车马大店。我托钵在店中化了些素斋，听一旁的客人闲话。客人在说瘟疫之事，说南边山地在闹一种可怕的怪病，染上那病，浑身青紫、溃烂，不出七天必死，说那病流传极快，也许要不了多时就会蔓延到北边，还说，那病是有预兆的。说有一天，有人看见一个不满周岁的小儿，爬在草地上，闻笛狂扭起舞，怪异无比，原来那是一个大凶之兆。

我霍然而起。

我铸成大错了。那蛇妖，果然是有大祸心的。洛阳三怪、定山三怪与它相比，真是小巫见大巫。它要祸害的原来是千人万人，它吸的是千人血，吃的是万人心！它不仅祸害今世，还留下了孽种祸害后世！可是，是谁让它留下了孽种？我冷汗涔涔，手脚冰冷。我想起师父临终的教诲，想起师父喷溅的鲜血。一个除妖人的恻隐之心是大罪孽！法海，你罪不可恕！

我从行囊中取出我的宝器，我的钵盂，我从缸中舀起一瓢冷水注入钵中，一饮而尽。我为昨日之我羞愧。妖蛇，你等着，我就要来了，我日夜兼程来了，上天入地来了。我已经在人海中踩住了你的尾巴。

二

有一个叫范巨卿的秀才，赴东都洛阳应举，不幸身染时疫，病倒在客栈之中，无亲无故，奄奄待毙。又有一个叫张劭的秀才，也是赴东都应举赴选，夜宿客店，听间壁有人呻吟求救，深觉诧异，向小二打听，小二说，是一个害时症的读书人，要死了，因害怕时症过人，所以无人敢相救。张劭闻听此言，不由黯然，同是斯文一脉，竟客死他乡，心中好大不忍，遂不顾别人劝阻，忙进那病人房中探问，请医延药，亲自奉汤送水，寸步不离照料服侍。十多日后，范巨卿病愈，两人却都误了那应举赴选的大日子。范巨卿心中好生不忍，说："因为我的病，耽误了足下的功名，这可怎生是好？"张劭回答说："功名富贵，不过身外之物，今我得一兄弟，何误之有？"范巨卿闻言，十分感动，两人遂焚香结拜，结为金兰，范巨卿年长几岁，为兄，张劭为弟。

这一对结义兄弟从此朝暮相随，倏忽数月。然两人毕竟都是有家之人，张劭乃汝州南城人，尚有老母在堂，范巨卿则是楚州山阳人士，已娶妻生子。汝州与那楚州，相隔千里，尽管两人兄弟情深，却终需一别。这一日，两兄弟来在分手处，在酒肆中对饮，心中伤感，但见四周黄花红叶，秋声雁阵，更添离愁。斟酒时，见杯中泛起茱萸，方知今日乃重阳佳节。范巨卿触景生情，说道："我自幼父母双亡，虽读书，却为妻子生活所累，屈身商贾，幸贤弟有老母在堂，贤弟老母就是我的高堂慈亲。来年今日，我必到贤弟家中去拜见母亲！"张劭听罢，大喜，回答说："乡村田舍，没有好款待，倘蒙兄长不弃，我一定备下肥鸡和黄米饭，恭迎大哥。大哥切勿失信。"范巨卿答："怎敢失信于贤弟？"

两人订下这著名的"鸡黍之约"，饮下杯中残酒，执手依依，洒泪而别。

范巨卿回到楚州山阳家中，为养活妻儿，操起旧业，溺身商贾之中。尘世滚滚，岁月匆匆，倏忽又是一年。商人为利所牵，忙昏了头，不知今夕何夕。这天一早，邻居叩门送来了茱萸酒，巨卿见到这茱萸酒，大惊，方知今日已是重阳。想起与兄弟订下的"鸡黍之约"，就在今日，顿时心急如焚。想那汝州与山阳，相隔千里，岂是一日可到？这一急非同小可，正无计可想之时，忽然想到，古人云：人为肉身所累，走不快行不远，但是魂魄却能日行千里。一下子豁然开朗。范巨卿说一声："贤弟，我来也！"遂拔刀自刎，一缕魂魄出窍，飘飘荡荡急匆匆往汝州而去。

再说张劭，早许多日之前，就挑选了一只肥鸡，酿下一坛好酒。到这日一早，洒扫草堂，铺排座椅，采来菊花插瓶，点起信香供案，又吩咐他弟弟忙忙地杀鸡煮饭。他母亲说："山阳到此，一千里地，恐怕巨卿未必能应期到来，等人来了，再杀鸡不晚。”张劭回答说：“巨卿是一个信士，说今天来，今天必至，我要让他一进门便看见烹好的鸡黍，才是我待兄相迎之诚。”他娘听他如此言之凿凿，急忙下厨烹煮去了。

一切收拾停当，张劭换上新衣新冠，来在了庄门外，肃立恭迎。秋高气爽，万里无云，村路洒满秋阳，不见尘起，亦不见人来。我们如今当然已知道了那原因，可张劭不知道。在一个没有火车没有飞机的年代，就算是一个挣脱了肉身之累的魂魄，走一千里路也不是一桩易事。看看已是晌午，张劭兄弟先下田收秋去了。再等，正午已过，忽听前村犬吠，以为是人来了，忙赶到前村相迎。来来去去，如此六七遭。看着看着，红日西沉，新月初上，他娘出来，让他兄弟去庄口唤张劭回家，说：“今天巨卿恐怕不来了，你都站一天了，先回家吃晚饭吧。”张劭答：“你怎么知道巨卿不来了？若范兄不来，我也就不回去了。”他母亲和兄弟，再劝三劝，张劭只是不理。眼看更深夜静，家人劝他不过，只得各自歇息。剩张劭一人，倚门独立，如醉如痴。银河耿耿，偶有风吹草动，皆以为是巨卿至。说话到了三更时分，万籁俱静，月光都没了，忽然远远见一黑影，从村路上挟风而来，张劭仔细看，不是范巨卿又是谁？范巨卿日夜兼程终于赶来了！张劭大喜过望，喜极而泣，迎上前去，倒头便拜，说：“我知道兄长一定不会失信，兄长快请，鸡黍之物早已经备下多时了！”

兄弟二人，一人一鬼，幽明两隔。此时张劭还不知真情——范巨卿为赴重阳日“鸡黍之约”不惜捐生赴死，他的魂魄日行千里赶来赴会，不枉张劭盼他一场，信他一场。他做了鬼，只为千里赴约，用生命践一诺，真乃天地间最情深义重的男儿！

那一天，农历四月初十，乃谭爷爷宝诞。谭爷爷是此地供奉的尊神，香火一向旺盛。地方上按旧俗请来了戏班子为尊神庆寿，顺娘和小青二人去看戏，戏台上演的就是这出《生死交》。

小青被那“范巨卿”迷住了。

散了戏，那生角除下冠带戏装，在后台喝凉茶歇息，忽听有人喊：“范巨卿！”抬眼一看，门口站着一个年方二八的小娇娥，粉面桃腮。所谓后台，不过是戏台后面搭的一座大席棚，此地的气候，四月已如同盛夏一般炎热，席棚里就如蒸笼一样热浪翻滚，那丫头却像一缕清泉一样让人心里一爽，眼前一亮。

“你叫我？”那小生诧异地问。

“不是叫你是叫谁？莫非还有谁是范巨卿？”丫头莺声燕语，回答得理直气壮。

小生笑了。走南闯北，还没见过这么大胆的丫头呢！倒像是戏文中、话本里那些深夜闯入客舍来的狐妖花怪小女鬼！谁家的丫头如此放肆？

“我不叫范巨卿，我叫——”小生的艺名就写在戏牌上，人人都知道，是个正在蹿红的小名角。

“你这人，真是奇怪，明明是范巨卿，一转眼就不认账了？”那丫头不由分说打断他的话，“范巨卿啊，你也真是的，就是再忙也不该忘了鸡黍之约啊。”她的话中充满感慨还有不忍。

小生连连苦笑，看来，只有做范巨卿了。这是遇上戏痴了，他想，钻进戏文里就出不来。正要答话，只见有人跑过来，也是一个姑娘，村姑打扮，皮肤黑黑的，一双天足，拉着那胡搅蛮缠的小丫头就走，一边对他说道：

“对不住啊，我家妹子脑子有点不清楚。”

这倒叫那“范巨卿”生出几分怜惜，花朵似的一个女孩儿，看上去甚是伶俐清爽，原来脑子有毛病。正想着，先前那小丫头竟又跑回来了，一本正经对他说道：“你别信顺娘的话，我脑子一点毛病也没有。”他倒唬了一跳，心想，病还不轻呢。

青儿生了顺娘的气，说：“顺娘啊，我脑子怎么不清楚了？”

顺娘叹口气，回答说：“分不清个戏里戏外，可不是个不清楚？”

“你分得清？”青儿瞪着她，“你可知道你是在戏里还是在戏外？”

这话有玄机，顺娘却没听出来。不过顺娘并不想和这个惯会胡搅蛮缠的丫头吵架。山坳里的日子，不是天天有戏看、有庙会逛的，她伸手挽住了青儿的胳膊：

“好好好，算我说错了话，我请你吃东西，行不行？”

“请我吃什么？”

"随你挑。"

"我想喝仙露，这里可有？"青儿赌气说。

顺娘还以为她说笑话，回答道："有比仙露更好喝的东西呢，跟我走！"

她拉了青儿的手，在闹市中寻觅，看见一家糖水店，里面坐的都是女客，她俩走进去，顺娘叫了两碗杨汁金露，一种用当地山上的浆果做出的甜水，做成之后提前一夜装在木桶里放在深井中镇得冰凉。果然好喝得很，一口下去，暑热顿消，火气也顿消。青儿微笑了，说：

"顺娘啊，你好事就做到底吧。"一边高声叫小二，"再来一大碗！"

没等顺娘回过神，青儿接过小二新端上来的糖水，转身就朝外跑。她双手捧着粗瓷碗，躲着东来西往人群的碰撞，一路疾行来到那戏台后，她站在席棚口朝里面大声喊："范巨卿！范巨卿！"那"范巨卿"吓一跳，急急迎出来，只见她笑吟吟把碗举到他面前：

"快喝快喝！再停一会儿太阳就烤暖了！"

那"范巨卿"愣了愣，心里油然升起一股感动，还从没见过这么爽快这么不遮不掩这么没有机心的女子呢！他接过碗，把那一大碗糖水，一大碗已经晒温的杨汁金露喝下去，如饮甘霖。眼前这女子，愈发显得清爽、清澈，眼睛像婴儿的眼睛，没有一丝云翳和尘垢，真是个清水样的女儿家！莫非只有脑子不清楚的人才能这样出尘世的淤泥而不染吗？他望着这女子不知该说什么好。

“好喝吧？”她问道，“好喝我明天就再给你送来！”

碧桃村到寿安县城郭，有十几二十里山路，第二天，青儿独自一人去看戏了。这让娘子和许宣，十分惊诧。那青儿顶着毒日头疾行二十里，只为了去买一碗杨汁金露。她很快活，她捧着一碗糖水穿街过巷就像抱着粉孩儿一样温柔。她不知道自己发生了什么样的改变，只觉得快活像水波一样在全身荡漾。她好喜欢！天这么蓝，云这么柔软，唱戏的声音这么婉转悠扬，杨汁金露这么沁人心脾，人间原来有这么多的欢喜。这不谙人事的小青蛇心里的花开了。

大戏唱了五天，小青蛇欢天喜地翻山越岭送了五碗杨汁金露。第五天，“范巨卿”喝完糖水告诉她，他们这戏班明天就要转台口了。什么是转台口？就是要走了，离开这里，离开寿安城到别处去唱了。小青蛇这一急，非同小可，她从没想过他还会走，她以为，这样的快乐，天天跑上二十里为他送一碗糖水喝是永远不会结束的事。可是就要结束了。

“你们去哪里？”她慌忙问。

他说出个地名，她连听也没听过，是个地角天涯的地方。她心慌意乱，突然那么想跟这“范巨卿”一起走，想得一颗心热辣辣扑腾扑腾要撞破心口。可是不行呀，她不能丢下姐姐，不能丢下那小粉孩儿。她和姐姐，不也是范巨卿与张劭一般的“生死交”吗？她怎么能丢下姐姐一个人去寻她的快乐？

她的心，从来没这么乱、这么疼过。她从来也没想过，在这个陌生的人世间，还有谁，能像姐姐一样让她牵挂，让她难割难舍。这个“范巨卿”呀，她才认识了他五天呀，怎么就像是一个亲人离开一样让她心痛？不行，小青蛇想，她不要心痛，不要难割难舍，她要欢喜和快乐！好，就这么决定了。

戏还没散场，班主就发起了绞肠痧，肚子疼得在后台打滚。也不知是不是绞肠痧，就是肚子疼，疼得突如其来，毫无预兆。急急忙忙请来了城中的郎中，吃了药，刮了痧，针了一回，灸了一回，却还是不见好转。折腾了一夜，第二天，台口自然转不成了，全班人马只好歇息下来，等那班主病愈上路。

那病却怪得很，时好时坏，只要不说“上路”，不说那个“走”字，就好似好人一样，哪里也不疼，哪里也不痛，可只要一动念，说，明早起程吧，当晚就发作，肚疼如绞，痛出一身大汗。郎中束手无策，暗中起疑，怀疑是有人下药，却又丝毫不见中毒的症状。班里的人马，困在了这里，要吃要喝要花销，人人心急如焚。有人就去庙里烧香，也有人请了香烛纸马，在十字路口烧纸送祟。

人家闹得人仰马翻，小青蛇暗自好笑。她总算是把她的“范巨卿”留住了，留一天是一天，留十日是十日。更长远的事她想不到，也不去想。她疯得过了头，天天跑二十里去送一碗冰镇糖水，却见那“范巨卿”，日日愁眉不展。一问，原来是一班子人马羁留在这里，为生计发愁，还有，不唱戏，他浑身都难受。

“再没有台口，我嗓子里要长草了。”他忧心地说。

回家的路上，小青蛇掉泪了，扑簌簌的眼泪止也止不住。她安排不了人间的事，她也什么都不懂。山林里，鸟语喧腾，她听见它们说："放手吧，放手吧。"她跑到一条溪水边，洗净了泪脸，一个人坐到日坠西山，她对自己说："放手吧，放手吧。"她忽然想起姐姐说过的话："还是走了好。早走还是比晚走好。"

从那天起，班主的病不治自愈，玩笑开到此时到了头。一班人马要转台口了，收拾起戏箱行头和行装，启程时小青蛇赶来送行，"范巨卿"一拱手，说了一句：

"若有缘，来年再见！"

"范巨卿"一介戏子，天天在戏台上，演那些风花雪月的戏文，他哪里能不懂这青春女子的隐秘心事？他为这痴情感动，却无以回报。他一个戏子哪里敢存那么大的一份痴心？这也是他盼着早一点离开这悲情之地的原因，一腔的怜惜和喜爱不能出口让他痛苦莫名。他拱手说出那句告别的话时，眼睛湿了，朝阳洒在他没有化妆的清素的脸上，竟让他像神一样俊美灿烂。

青儿别过了脸，也哭了。心，好像一只扯断了线的风筝，风筝后面是一片万里无云的天。

他们真是有缘，半年之后，再次相逢。只不过，这次相逢是酷烈的、血腥的，此刻他们都还没有嗅到那血腥的气味。

就在这一天，悲伤的青儿回到家中，看见了一件奇事。她看见还不会走路的粉孩儿不知何时一个人爬到了户外。远处，山坡上，牧童在吹着村笛，只穿一条红肚兜的粉孩儿在草地上挺着脖子扭动着，小小的脑袋，一探一探，他在闻笛起舞，扭动的小身体有一种奇异怪诞却又无比熟悉的灵动，像极了一条——蛇。

青儿目瞪口呆，恐惧使她忘记了自己的悲伤。

她冲上去，抱起那孩子，他在她怀中狂扭，闭着眼睛，脸上是一种沉沉的陶醉。笛声住后，许久他才安静下来，变成一个平常的吃奶的幼儿，只是满头大汗。青儿刹那间做出一个决定，这事她要瞒过姐姐，她不能让姐姐为孩子这不祥的异禀伤心。

三

秋风起，山蛇肥。

此地人嗜蛇，入秋后，寿安城几十家酒肆饭庄茶楼，全用蛇做招牌菜。蛇羹、蛇粥、蛇全席，烹煮煎炸，清蒸红烧，再加上蛇血蛇胆酒，花样不计其数。捕蛇人入山去，满载而归，捕来的蛇，全卖给了酒家做下酒的佳肴。

蛇养在笼子里，不再是生灵，全是砧上肉。

居家过日子的人家，也吃蛇。蛇肉是天下至味，哪里能白白放过？入秋以来，城里城外，无不弥散着蛇的血腥气。蛇胆泡在酒里，像宝石沉在水底。碧桃村差不多家家户户都泡了蛇胆酒，用它清心、明目、去火。碧桃村差不多家家户户都有人进山捕蛇，捕蛇人吹奏一种特制的、奇异的短笛，诱蛇出洞，再用一支特制的叉子刚好叉住蛇的七寸。碧桃村成年男丁差不多人人都会这一手绝活。

被蛇咬伤的捕蛇人也渐渐多起来。前山有个壮丁，吃了蛇咬，还没抬回家里就死了。邻村也有个壮丁，吃了蛇咬，挣扎着爬到村口咽了气。流了血，死了人，进山的人还是要进山去。只不过，人人都要备一包回春散自救，许家生药铺的生意，好得不得了。方圆百里、数百里的村庄，许多人专程赶来或辗转托人来买回春散。不久，许家生药铺门前就挂出了“回春散告罄”的告示。

回春散告罄也依然阻挡不了人对蛇的捕杀。世世代代，这里人就这样生活，捕蛇是他们的祖业。他们吹奏着特制的短笛，引诱着一代又一代的蛇们上当。秋风起，山蛇肥时，满山遍野，到处都能听见这清脆无比暗藏着杀机的笛声。这笛声，让许宣心惊肉跳，让娘子和青儿，忧心如焚，夜夜难眠——他们这算是逃难逃到了一个什么地方？

忽然有一天，山下胡爹家里贴出了告示，胡家也炮制出了一味疗治蛇伤的奇药，叫同春丹——这自然是那小金郎偷艺的结果。回春散的原料，不在奇，而在于搭配得匪夷所思。那搭配，一点不入医理和药理，哪本医书药典上也不见记载，环环相克，步步险着，让华佗扁鹊惊诧，最后却是以毒攻毒，绝处逢生。听小金郎说出了这症结，胡爹心里的疑惑也就更大，觉得这一家人来路诡秘。

娘子原以为只要自己闭口不提，别人就永远不会知道他们的来路和过去。她真是太低估了人的心机。平日里，那小金郎在店里勤恳听话，任劳任怨，娘子和许宣也从不有意避讳这聪明的孩子，回到家中，他爹存心套他的话，他三言两语，句句说中要害，谁知他言者无心，却不料听者有意。那胡爹悄悄进山采药，按方摸索炮制。几个月下来，竟越来越有心得和把握：此方不是仙方便是鬼方。又见正是赚钱的大好时机，许家突然收手，挂出“告罄”的告示，便知道机会来了。

这天胡爹手提一坛家酿的上好米酒，来与许宣对饮。席间，娘子上来布菜，胡爹突然借着酒意说道：

“娘子啊，近日胡某遇见一桩奇事。前日我做一梦，梦见一个白胡子神仙给我一张海上仙方，着我抄录下来，说近来毒蛇伤人，让我拿这方救人。醒来后，真有一张抄录好的方子在我枕头边，竟还有个名字，叫同春丹，你说奇也不奇？胡某不敢得罪神仙，只好按这方采药配药，制成药丸——娘子，不是胡某不义，抢娘子家生意，实是不敢开罪神明，不敢违天理，还望官人娘子恕罪海涵。”

许宣听罢，久久不语。娘子则沉吟片时，回答道：

“干爹说哪里话？既是仙方，一定胜过我这凡方百倍，医家讲的是治病救人，既能救人，何罪之有？”

第二天，胡家就挂出了布幌，上书“同春丹”三个大字，旁边则有一行小字，写的是：海上仙方。胡爹坐在树下，给人讲他的梦中传奇。不想当天就有同村人被毒蛇咬了抬回去，病急乱投医，买了两丸去，用酒研开，一丸外敷，一丸内用，竟还真有效验。这一下，一传十，十传百，海上仙方同春丹声名大振，又正当其时，胡爹就在家里开起了生药作坊，专制一味药——同春丹。

胡爹对前来买药的人信誓旦旦，大讲他的海上仙方，金郎和顺娘，羞红了脸。金郎对他爹说道：“爹，你让我怎么有脸见师父？”顺娘说：“爹呀，娘子救过你的命，是咱家的大恩人，你怎么能做这等忘恩负义的事？”胡爹回答道：“咦？你们这两个不肖的东西，怎么见得我就是忘恩负义？神仙托梦给我仙方，我难道说‘不要’不成？”

这一来，金郎哪还有脸来和师父学艺，顺娘也没脸见许家的人。青儿远远看见顺娘走过，一扭脸，就当不认识。

先有回春散，后有同春丹，这一来，进山的人，捕蛇的人，有恃无恐。这一年，是捕蛇人的丰收年，也是山蛇的灭顶之年。捕蛇人囊中有了叮当作响的银子，人有了笑脸，家中有了余粮，孩子有了冬衣，而方圆四野大城小镇，则到处弥漫着蛇血的腥味和蛇肉的浓香。心满意足的人们没有料到，被同春丹引发出来的贪心，也正把一场灾难引到眼前。

先是田里收秋的农人，接二连三被蛇袭击，接下来就是路上的行人，好好地走着突然就遭了蛇咬。这仍然没能阻挡住人们对蛇的屠戮。再后来，某一天，早晨起来，突如其来，蛇变得无处不在。人们烧火做饭，蛇盘在柴堆旁灶台边，咬了做饭的大姑娘小媳妇；人们去挑水，蛇盘在井台旁，袭击了挑水的壮丁青年。人们端起饭碗，蛇却从屋梁上蹿下，一口封了吃饭老人的命脉咽喉；一掀被子，剧毒无比的毒蛇咝咝吐着蛇芯，缠在了小婴儿身上；仓房里是蛇，天井里是蛇，牲口圈里是蛇，草垛麦秸垛上爬满了蛇，树枝树杈上也是蛇，蛇行大地，蛇盘踞了所有的村庄。愈演愈烈，起初只有几十条，后来就来了几百条、几千几万条！几千几万条毒蛇，不知来自哪里，咝咝地吐着毒芯，来报灭门的血仇。不光一个碧桃村，前村后郭，寿安城方圆百里，不知多少个庄子被愤怒的山蛇占领。天下所有的蛇们都听到了同类的召唤，它们千里迢迢赶来报仇。

人一个一个倒下，老人、孩子、男男女女，同春丹哪里救得了这许许多多的伤者？即便就是有药，人们也常常来不及服用就咽了气。人们拿起叉蛇的木叉，拿起镢头、锄头、镰刀、菜刀、斧头、木棒，抄起所有能抄起的东西，与山蛇搏斗。叉、砍、削、砸、剁，杀得血流成河，杀红了眼。这一场人蛇恶战，从近午时分，直杀到月上东山，直杀到人不成人，蛇不成蛇，人成了血染的厉鬼，蛇成了刀剁的肉糜。几千几万条山蛇，生还者无多。人从血泊中站起，看着惨淡的星光，遍地蛇尸，也不知自己是在人间还是在地狱。

到早晨，太阳升起来，太阳慈悲地照亮了山林、大地、城郭和村庄，人们像从噩梦中醒来一般，看见了变成地狱的家园，放声大哭。人们望着遍地血污和尸体，庆幸着自己竟还能看见熟悉的日出，看见大地和亲人，这让他们知道自己还活着，让他们泪流满面地庆幸自己留在了人间。胡爹一家人劫后余生抱在一起，热泪狂流。顺娘、金郎在死里逃生之后的这个早晨，原谅了父亲的无情无义。

可人们不知道，他们实在是庆幸得太早了。

这一天，早晨一开门，青儿就看见了那奇观：蛇爬满了他们家院子，磨盘上、树杈上、柴堆旁，蛇盘着、卧着，蓄势待发。她惊叫起来："哎呀呀，姐姐呀！"

一条蛇嗖地蹿过来，一吐蛇芯，忽然缩回了头。它惊愕地望着眼前这人形的同类，悲伤地摇头。十几条蛇嗖嗖地游来，挺起上身，惊愕地朝她张望。它们悲伤地摇头，哭泣，诉说。青儿蹲下身，展开双臂，把这些备受摧残的生灵揽进她的怀里，她心痛如割，说道："我知道啊，我知道啊！"

它们依偎着她，用身体缠绕她的身体，相拥着哭泣。娘子闻声出来，看见了这相拥而泣的一幕。刹那间，她觉得自己也是一条蛇，这感觉让她惊悚不已。它们也看见了她，看见了她的惊悚，她的出现让它们警觉。在它们饱受欺凌和屠杀的眼睛里，她是奇怪的、模糊的、难以分辨的，它们不能判断她是同类还是异类，是战士还是叛徒，它们唰地挺直身体，严阵以待，呲呲吐着毒芯，啪啪拍打起响尾，青儿忙说道：

"她是我的姐姐啊！"

娘子回过神，那一刻，她知道就要发生大不幸了，就要发生大祸殃了。那祸殃，从入秋以来，一天一天积累，积累到了头，到了顶，成了烈火干柴。决一死战的时刻到来了。她面色惨白，嘴唇瑟瑟发抖，她知道这大不幸是人的大不幸，也是蛇的大不幸，那大灾殃是人的大灾殃，也是蛇的大灾殃。明明看见大祸将临，可却又没有一点办法去阻挡。她落泪了，声音颤抖地说道：

"回山里去吧！你们回山林里去吧——"

它们怒视着她，忽然明白这是一个眼前的叛徒，一个族群的叛徒。外面，杀戮已经开始了，它们嗅到了血腥，人血和蛇血冲天而起的腥味让它们迷狂，离她最近的一条响尾蛇嗖的一下，飞箭一般袭击了她，紧接着，十几条蛇迅雷不及掩耳嗖嗖嗖向她发起了进攻，锋利的毒牙箭镞一般凶猛地刺进她的身体，愤怒地喷射出致命的毒液，刹那间，她已是鲜血斑斑。她无声地流着眼泪，带着满身的伤痕，说道：

“回山里去吧，回山林里去吧——为你们的孩子想想……”

世间再毒的毒蛇，也是奈何不了她的。她衣衫上斑斑的血点像一朵一朵浸染出来的梅花瓣，遍体伤痕的她，就像一棵突然绽放的梅花树屹立不动。所有的蛇都惊愕万分，纷纷把身体绝望地直立在冷冷的晨光中。青儿扑上去用身子挡住了她，青儿本来想说，姐姐呀你这是何苦？青儿还想说，这是人自己作孽作到了头活该倒霉！但是就在这时，她眼前闪过了那个俊美小生，那个有情有义有信的“范巨卿”，那个对她一拱手，说“来年再见”的美丈夫，她一下子心软无比。

“回山里去吧，回山林里去吧——”她也颤抖地哀求，突然抱住娘子号啕大哭。

……

不知何时，院子里，只剩下她和娘子二人，绝望愤怒的蛇们毅然掉头而去。它们当然没有回山林，它们是抱了必死的决心来报血仇的，就在这一墙之隔的村庄里，杀戮正酣。蛇杀人，人杀蛇，杀得昏天黑地。这一个白天，是比一千年生涯还要漫长的一天，是比三千年生涯还要漫长的一天。她们忍受着折磨，不是束手无策，而是无可选择！这互相杀戮的双方都是她们自己，流血相残的双方都是她们自己。她们自身的这一半和那一半厮杀决战，这可叫她们如何是好？普天之下，可有谁陷入像她们一样的绝境？冲天的血气，遮蔽了蓝天红日，吓走了飞鸟和百兽，杀声震天之际，她们的庄院里却静如坟墓。许宣抱了粉孩儿躲在屋里，大气不敢出一声。血气冲撞着、召唤着娘子和青儿，她们终于打开院门，冲到了酣战的村子里，去救那些被毒蛇咬伤的妇孺和老人。

到处是杀红了眼的人，抡着铁器和木棒，丑陋狰狞得不成人形；遍地是嗜血如狂的蛇，被劈成两半还扭着残身追着人拼命。受伤的老人、孩子，躺在血泊中，呻吟喊叫，无人顾得上理睬。娘子冲上去，抱住一个奄奄待毙的孩子，俯下身去，用嘴去吮吸他的伤口，把那毒液一口一口吮吸出来。孩子活转来，睁开眼，哇地哭出声。娘子丢下他，又扑到旁边一个妇人身上，去吮吸那血液中的毒汁，可是已经晚了，来不及了，妇人的身体在她怀中渐渐冷却。青儿也学娘子的样，趴在人身上，将毒液吮吸到自己口中。不一会儿，她们就把自己滚成了腥臭的血人。

太阳下山了，月亮升起了，升高了，仿佛突然之间，世界静谧下来。大地上的杀戮结束了，该死的都死了，尸横遍野，人的尸体、蛇的尸体，横陈在月光下。能救的也都救了，四下里传过来或远或近的哭声。她们俩也累散了架，披头散发，倒在血泊中，像死尸一样面目狰狞。冷月抚摸着她们血污的脸，青儿闭上了眼睛，昏昏欲睡，在若隐若现的哭声里，一个温柔的回忆，一个温存的名字，像春水一样从她的嘴唇里流淌出来：“范巨卿啊，我救的，都是你的同胞……”

这个劫后余生的早晨，有人疯了。是个十二岁的少年。他已经连续三个秋天，随父亲一起进山捕蛇。他会用竹笛模仿各种鸟叫的声音，会吹奏形形色色奇怪的诱蛇出洞的乐曲。与其说他爱捕蛇不如说他爱吹奏，竹笛发出的声音令他快活无比。他总是和他的竹笛形影不离，白天掖在怀里，夜晚放在枕边。这个早晨，刚刚从噩梦中醒来的人们，看见这少年，满脸血污，呵呵笑着，跨过了爹和娘的尸体，说：“这么多蛇啊！”然后从怀中摸出他的宝贝，吹奏起一支古老、悲凉的曲子，这是碧桃村的堕民们世代传唱的那支歌谣：

秋风起，山蛇肥，
谷入仓，草虫悲，
北雁迢迢往复回，
鸡黍腊酒祭阿谁？

一时间，山野萧萧，天地动容，笛声越来越凄厉、激越，劫后余生的人们，不能自已，热泪奔涌。

谁也没有注意，粉孩儿是何时从家里爬出来的，想来是许宣煎熬不过，困倦至极，在刚刚到来的和平中睡着了。笛声吸引了这孩子，引诱了这孩子，他急切地、陶醉地爬出了院子，来到刚刚酣战过后的战场。当人们看到他的时候，他快乐地、迷狂地探着小脖子，身体在草地上扭动、舞蹈，红红的小舌头一探、一探，像极了另一种生命和生灵。

人们目瞪口呆。

娘子听到了自己身体中天崩地裂般坍塌的巨响。

四

最先染上那怪病的是吹笛子的少年。

遍地都是蛇的尸体，来不及掩埋，它们在旷野中静静风干或是腐烂。疯狂的少年日日游荡在蛇尸遍布的旷野，快乐地、泣血般地吹着他的短笛。困了就躺在尸首中间睡觉，饿了就吃腐臭的蛇肉。有一天人们在旷野中发现了少年的尸体，浑身青紫，到处是溃烂的伤口——怪病就这样降临了。

起初，只有一两个人倒下，渐渐地多起来，它如风一样蔓延，四处散播着它的戾气。碧桃村、前山后郭、方圆几百里的田庄村舍，包括水旱码头寿安城，无一幸免。这病初起时，只是发热、咳嗽、口角流血，七天后患者高热昏迷，前胸开始溃烂，然后向全身蔓延。体壮的能挨过十日，年老或体弱的，连七天也熬不过。

方圆几百里，包括水旱码头寿安城，一片恐慌。乡野郎中，城内名医，人人束手无策。清热解毒的良方、家传秘籍、内服的汤药草药或是外用的丸散膏丹、针灸放血，全都败下阵来。胡家的同春丹也不灵验了，许家的回春散也失了效。城里城外，多少家药铺，存药全部告罄，恐慌的人们，除了烧香拜佛，祈天保佑，别无他法。方圆几百里，大庙小庙、大小道观、山神土地，一时间，香火旺盛得不得了。

碧桃村村口，有一棵黄槐，已不知有几百几千岁，根深叶茂，是一棵神树。现在神树上系了无数根辟邪的红布条，人们都在神树下烧香。忽然有一天，有人开始剥树皮，说这神树树皮煮水喝能抵御怪病。一夜之间，树皮竟被四村八庄赶来的人剥光了。赤条条的神树像一副惨白狰狞的骨架立在村口，让人感到无限的恐怖，可怪病仍然肆虐着，神树根本阻挡不住。

碧桃村接二连三倒下的，俱是青壮年。胡爹最偏怜的幼子金郎也染上了这瘟病。到第三天头上，胡爹跑上山来见娘子了。胡爹一进门，扑通一声长跪不起，说道：

“娘子，娘子，求求你救救我家金郎！”

这话，让娘子心惊肉跳，她看见了一个万丈深渊，她明白他这话是大有深意的。可是到此时娘子哪里有回天之力，能扑灭这大灾大疫？娘子脸白了，说道：

“胡爹啊，您这话从何说起？我不明白。若我有回天术，或是有特效秘方，我能眼睁睁见死不救不成？”

胡爹直勾勾望着娘子，不说话，忽然咚咚咚以头碰地磕了三个响头，随后，把脸埋在地面上哀求：

“娘子，求你救救金郎！”

“不是我不救，是我……救不了！”娘子悲伤地回答。

“你能救！”

“我非仙非道一介肉身，如何能普救众生？”

“你能救！”胡爹言之凿凿。

娘子愕然。

“此话怎讲？”

“你有回春散。”

“回春散不灵验呀！”

“那是因为它缺一味药引。”

“什么药引？”

“实不相瞒，娘子，老朽做了一梦，梦见观世音菩萨告诉了老朽这秘方，菩萨说，若解此症，只需在回春散中加一味药引，这药引，说难也难，说易也易，全在娘子身上了。”

“是什么？”

“血，”胡爹回答，“就是娘子的血。”

“为什么非是我的血？”娘子此时反倒镇静下来。

“我哪里知道天机？菩萨只说，非娘子血不能解大疫，言罢即去。娘子冰雪聪明，想来能猜中其中奥秘？”

胡爹豁出去了。大难临头，唯有一搏。整个碧桃村，整个前山后郭，加上整个寿安城，只有胡爹有这过人的洞察力，有这临危不乱的心智和胆识。回春散是端倪，而那闻笛起舞的粉孩儿则是铁证。他是在用绝大的心智来和娘子较量了。他想着“以毒攻毒”这句老话，总觉得那是最后的希望、唯一的生机。也许观世音菩萨真的降临在他的梦中，给他指点了迷津，也许是子虚乌有，但是不管怎样，他来和娘子摊牌了。

血从她身子里流空了，娘子面色如纸。

他的话，每一句、每一言，她都听懂了、明白了。那个噩梦般的早晨，当她看到在笛声中狂舞的粉孩儿，就像看到了太阳在眼前砰一声坠落。她的儿子，她想留给世界的那个洁白无瑕、没有她前世的拖累、肉身凡胎的一个真正的小“人”，原来，是不存在的，一个无辜的证明是不存在的，一个纯粹父亲的孩子是不存在的。那一刻，她心痛如割，她的梦破灭了。她不知道这孩子将要在人世间遭遇到什么，她也不知道这孩子将带给人世间什么。也就是从那一天起，她开始质问自己，三千年的梦想，三千年来如此执拗地要做一个“人”的梦想，是否是一个绝大的错误？她，她的孩子，她孩子的孩子，永远都不会是一个真正的、完美无缺的——人。

胡爹是又一个法海，可怕却又无辜。法海以“情”挟制逼迫她饮下雄黄现身，胡爹则是用了“救命”的天理将她从如此渴望融入的人群中驱逐。她不知道她的血是否真有解除大疫的奇效，她从没这样想过，也根本不愿意这样去想。但是此刻，面对这下跪的白发苍苍的老人，为救儿子孤注一掷的可怕的父亲，她知道自己已经没有选择。

就在这时她的官人许宣忽然从门里冲出，跪倒在了胡爹面前，满脸热泪，说道：

“胡爹呀，我一家，没有亏待过你们的地方啊，你如此说话，让我家娘子如何担当得起？”说着他一口咬破了自己的食指，血滴下来，“来，你来拿我的血，去做药引子吧！”

胡爹不动声色。

娘子鼻子一酸，搀起了许宣，把他滴血的手指噙到了嘴里，他的血，灼热、腥甜，像从她心尖上滴下来。她落泪了，说：

“官人啊，有你这句话，我好喜欢啊！”

她转过身，将自己的食指，狠命一咬，血突地涌出，她抄起桌上的茶碗，让那殷红的腥甜的血，一滴一滴，滴到瓷碗里，瓷白血红，触目惊心地艳丽，艳丽得让人害怕。血滴了半茶碗，她对跪在地上的胡爹说：

“你拿去吧！”

这一夜，许宣拥她入怀，他们缠绵，他们无穷无尽、欲死欲仙地缠绵，他们在血雨腥风、瘟疫横行、腐尸遍野、吉凶未卜的夜晚天长地久地缠绵。这个男人从没有像此刻这样心疼、心痛过自己的娘子，他亲她的手指，十个手指他亲了又亲，他爱抚她的全身，抚遍她周身上下每一寸属于他的肌肤。他们的缘分可真是深啊，她走了三千年才走到人间来和他相会。他此刻一丁点也不再介意她的妖邪的、非人的过去，只觉得那种夺命摘心的亲和心痛。他一遍遍地、喃喃地说：“娘子啊，娘子啊，我好快活！”这真是大难临头前最珍贵最快活的一刻，这是他们同生共死的幸福。

“让你背井离乡，让你担惊受怕，我好生对你不起。”娘子回答。

他捂住了她的嘴，说：“以娘子的仙品，以娘子的灵异，能看上区区许某这凡夫俗子，不枉许宣活这一生一世。”

娘子哭了。

第二天，很平静，无风无浪。第三天，竟也是平静得叫人生疑。又一天，一大早，青儿去开门，就见庄院外，跪了一地的人。本乡本土的乡亲们，都是叫得出名和姓的，跪在那里，一见青儿，咚咚咚磕头，嘴里喊叫着：

“娘子救命！娘子救命！”

原来，真是有奇迹的，娘子的血，真救了金郎的命。用那血研开同春丹，灌水服下，不想，当夜高热即退，服下第二丸，昏沉沉的病人竟睁开了眼。再用那血研开的丸药涂抹疮口，真就慢慢收住了脓血，止住了剧痛，且开始有了收痂的趋势。胡爹大喜过望，跑到院子里，冲西磕头，老泪纵横，号啕失声，口中不停地呼喊着：“谢谢菩萨救命——！谢谢菩萨救命——！”

村人惊讶万分，娘子自己也惊讶，她一点也不想做这力挽狂澜的拯救者，她但愿自己的血是没用的，但愿自己此刻和他们一样身染重疫，和乡亲们一块儿挣扎受难。可说到底她不是一个真正的人，身上流着的终究还是三千年灵蛇的血。看着跪了一地的乡亲，娘子转身回来，说：“官人，配药吧。”

于是，许家关闭多日的生药铺，开张了。当日说回春散告罄，是为了阻止人们进山捕蛇的托词，其实尚有存货，此刻，刚好派上了用场。娘子咬破食指、中指、无名指，十个手指都让她咬破了，鲜血一滴一滴，滴满一钵。就用这一钵血，研开了不知多少包回春散。许家门前排起了长龙，人们拿着酒盅、茶杯，竟还有人捧着饭碗，来讨娘子这回春血。第一天，来的还是碧桃村和左近的乡亲熟人，第二天、第三天，前山后山、方圆百里，还有寿安城的百姓蜂拥而至，长龙阵越排越长，许宣看见这阵势，眼前一黑：这得要娘子流多少血才能救这样多的人？这岂不是要娘子的性命？

指尖的血，一滴一滴，滴得太慢，娘子已经用锋利的小刀划开了手腕，血流进钵中，她一张脸惨白如纸，连嘴唇也成了雪白。许宣忙为她手腕敷上止血的白药，青儿端来了大碗红糖水，扶她喝了睡下。许宣含泪配药，他的眼泪一串串滴到娘子的血里，他索性舀一大瓢水将那血兑稀了，对着数不清的药钵、药碗发狠："你们人人惜命，人人想活，莫非我家娘子的命就不足惜么？我家娘子就该死么？你们这些人不配喝我家娘子这么纯净这么好的血！"

晚上，顺娘上山来了，手里提着沉甸甸的瓦罐，瓦罐里是人参炖鸡汤。自从她爹闹出那海上仙方的丑事之后，她一直没敢再登许家门。如今，娘子又救了她兄弟的命，再看她家门前的长龙阵，知道此时最需要人手。她进门来放下瓦罐，红着脸，谁也不看地开口说道：

"青儿啊，你要打要骂先不忙，等过了这大劫大难再说罢。"

说罢，她跑到床边，先抱起了粉孩儿，将脸在那孩子身上揉搓，不让他们看见她流泪。

夜里人们举着桐油火把，翻山越岭朝这里奔来，好赶在天明讨一碗药回家。火把游走在山谷里每一条小径，汇聚到这碧桃村，如百川归海，这里成了一片火把的汪洋，蔚为壮观。不时传来的好消息，使人心振奋，哪一村哪一家，谁谁谁吃了这药，已然痊愈，俱是红口白牙，有名有姓，让人好生高兴。怪病终于有了克星，有了奇药，人们口口相传，更多的人举着火把翻山越岭而来，来求娘子救命。

一个女性的血，真是旺盛，似乎，流也流不尽。只需一瓦罐鸡汤、一大碗红糖水，只需一夜的蓄养，到早晨，鸡汤和糖水就都变作了血管里奔腾腥甜的鲜血。现在，已经不仅是娘子的血，青儿也偷偷瞒着娘子划开自己的手腕让血融进娘子的血中，许宣更是毫不犹豫地朝鲜血中大瓢大瓢注着清水。三个人，许宣带着青儿和顺娘，日夜不停不合眼地调、煎、配制，送走一百人，又迎来一千人，送走一千人，又迎来一百人，七天之后，那不断头的长龙才慢慢萎缩、变短，消失不见，变成三个五个零零星星的访客。熬红了眼的许宣叹了一声“阿弥陀佛”，回头一看，娘子已经像片树叶一样无声无息倒下去了。

就在这天，青儿听到了一个传闻，是顺娘告诉她的。顺娘也不知是从哪里听来的，说是那唱戏的小生谁谁谁，也染上了这怪病，病倒在什么什么庄，戏班的人怕传染，将他一个人独自丢下仓皇跑了。那谁谁谁，如今也不知是死是活，想来也没有谁会为他翻山越岭来讨药吃。顺娘不过是顺口一说，青儿一听，二话不讲，拿了几包回春散，就要出门上路。

“你要去哪里？”顺娘一把拽住了她。

“去救他。”青儿回答。

“啊呀呀，老天爷！”顺娘急了，“还不知道是真是假，还不知道是不是真的是他，你怎么听风就是雨？”

“去了不就知道了？”

“二三百里路，你怎么去？”

“走着去呀。”

“你一个女孩儿家，你又不认路！”顺娘拽住她不放手，“我是瞎说的，这行了吧？”

“顺娘啊，”青儿扳开了她的手，“就算是你瞎说，我也得去亲眼看看呀，我若是不救他，谁救他？”

青儿落泪了，她已经看见了他的惨状，溃破的伤口弄丑了他俊美的脸，他奄奄待毙，躺在荒村野庙，水也喝不上一口。再晚一步他就要死了，再晚一个时辰他就要死了！青儿心如刀绞，她们救了多少他的同胞，她救了多少他的同胞，他们喝了她多少血，现在怎么能单单让“范巨卿”一个人死？

等到娘子和许宣得到消息，她早已疾行如飞没了踪影。许宣要去追，娘子喊住了他。“那是没有用的。”娘子说，话未说完鼻子就酸了。只有她知道她的姐妹，她真是为这小妹妹心痛，无知无觉的小青蛇，混沌快乐的小青蛇，没有了。是谁在她心里点亮了人间的灯和男欢女爱的灯？有了这盏灯，生命就有了一个永远也无法取消、永远也夺不走的约定。她不知道，从此，她就会像她的姐姐一样永失归途，再也回不到她的家乡她的蟠桃园了。娘子的眼泪夺眶而出，许宣一脸迷惑和惊讶，他不明白，他看见的是悲欣交集的眼泪。

这天晚上，碧桃村出奇地静，火把的海洋不见了，露出了山月纤尘不染的清辉。山月清澈和平地照着山峦、丛林和蜿蜒的山路，照着一个去奔赴约定的痴情人。山月也照着一个无眠的牵挂的娘子，山月更照着刚刚从死亡的阴影中挣脱出来的千家万户。还有一个人，也在月色中赶着夜路，他芒鞋袈裟，步履蹒跚，禅杖做了拐杖。若仔细看，能看到他口唇和面部的溃破，流着脓血。他走过山林，惊动了宿鸟，宿鸟的叫声神秘莫测，寂静的山林嗅到了他身上死亡临近的戾气。

第二天清早，太阳还没有升起，有人在村口发现了这个不速之客，他倒在剥光了树皮的黄槐树下，发着高烧，昏迷不醒。面部溃破的伤口明白无误地告诉人们，这是一个染了瘟疫的人。刚刚逃出大疫的村人一片惊恐，人们远远望着，有人高声喊："烧死他！"却谁也不敢近前。终于有人习惯地想起了什么，说："快去叫许家娘子来看看！"一个孩子跑着来了，他三脚两步跑上山坡，咚咚咚敲响了娘子家的院门。

仇人相见了。

第七章

雷峰错

一

《法海手札》

救我的是我的仇敌。

我喝了她的血，涂了她的血。她的血是大疫的克星，她是在我昏迷不醒奄奄待毙的情势下把血灌进我口里去的，我若是清醒时，我会喝她的血不会？知道那是唯一的救命法宝，我会喝她的血不会？

多少人都喝了她的血了。一路上，我听到多少人在说，奇药，奇药！那些病人的亲人端着用她的血配出的回春汤如获至宝！夜晚，我看到多少条火把的长龙，都是奔着她的奇药而去。我心里疑惑，不知这妖孽的所谓奇药是什么。如今我知道了，如今我们身子里都有了这妖孽的脏血，如今这人世间是一个妖血遍布的世界。

但愿我是最后一个喝她脏血的人。但愿瘟疫止于我身。

村人怕过人，不让我进村，山沟里有个破草棚，不知何人搭建，他们就在我昏迷时将我远远弄到了那里。天天来为我送汤送药的，没有别人，都是她。据说我昏迷了七天，昏沉中影影绰绰总是她的脸。七天后睁开眼，她盘腿坐我身旁，对我说道：

“法师啊，我何德何能，劳你这样不顾性命穷追不舍？”

我回答：

“为了尽除天下妖孽。”

她笑笑：

“佛家最讲慈悲，众生皆有佛性，何谓人？何谓妖？”

我竟一时语塞。

她喂我汤水，我别过脸。她放下了瓦罐，说道：“你若还想替天行道，就得把身子养好，现在你可不是我的对手。你这病，会过人，没人敢来服侍你，你若想活命，还就得吃我这妖精做的汤水饭菜！我放在这里了。”说完她转身而去。

草棚里，弥漫着她的妖孽之气和阳光。我闭上眼，初冬的太阳也依然是温暖的，照在身上，犹如佛光，犹如生之欢乐。我闭目静思，她说得不错，我得吃饭喝水，养好气力。我吃的是大地养育的五谷。忽然间我省悟到，我是一个刚刚活过来的人，是一个再生之人。我六根未净，“生”让我欢乐。

她为何救我？一个妖孽为何要救一个除妖人？要么是大阴谋，要么就是……

“众生皆有佛性，何谓人？何谓妖？”

我开始琢磨这句话。我挣扎着坐起，吃瓦罐里的汤水粥面。长长的一天，无人打扰。只有阳光、鸟鸣和流水的声响。草棚建在溪水边上，是破草棚，无门无窗，一抬眼，就看见对面的山峦和树林。我心很静，山川流水亦很静，是我们对垒决战前的大静。

第二天她又来了，送来一瓦罐汤水粥面，一碗药汤。她放下东西要走，我叫住了她：

“昨日你考问我，何谓人，何谓妖，你听我告诉你，”我坐正了身子，“佛法四谛：苦、集、灭、道，别的不言，就说这苦。苦，是生之大苦，人要历生老病死，一切困厄。譬如这大瘟疫来了，人难逃此劫，可是你不怕；瘟疫能要人的命，要不了你的命。染上瘟疫，浑身溃破，剧痛难忍，生不如死，这苦楚，你不会体尝。这就是人妖的区别所在，人间，是人的人间，你活在人间却不担当一点‘人’的大苦、众生的大苦，却独尝人生的欢乐。所谓众生平等，是佛之大道，你有违这大道，故，我不能容你。”

她听得很认真，听罢，沉吟许久，说道：“你这话，有道理，我还从没有这样想过。”她抬起了眼睛：“法师啊，汝非妖，又怎么知道妖没有生之大苦？”她眼睛里好似起了一层云翳：“一个妖，来到人间，想做一个人，呕心沥血终是做不成，这大苦痛，这大无奈，人知不知道？”

说完，她不等我回话，转身去了。走出草棚后她忽又止步，背朝着我说道：

“法师，妖也是众生中的一个生灵啊。”

又是长长的一天，我静思。她送来的药汤还有粥面使我力气恢复得很快。我甚至有气力走出草棚，面对山峦负暄而坐。

山溪淙淙，树叶飒飒，一片天籁。与其说我在想她的话，莫若说我在想她的声音，那声音里有真的无奈和悲伤，是善的声音，如同这流水，这风。这妖孽真是一个大惑。我取出我的钵盂，走到山溪边，舀了一钵山水，我照见的仍旧是我自己的脸，一脸溃破的疮口正在消肿、收痂。这一回，我没有饮那钵盂之水，我把它倒回了小河里，让水消失在水中。望着那消失在水中的水，我忽有所悟，骤然停下了手中的倾倒……这是一个从任何经文与苦修中都不可能得到的顿悟——人归于人，水归于水。

我像一个负暄的老人一样睡着了，也许只是打了一个盹。忽然睁开眼，只见一个人跪在我面前。是那不堪大用的小子许宣，他终于来见我了。他不等我开口就先磕了一个头，嘴里说道：

“法师饶恕小生。”

我不想苛责他，因我从没有对他寄大希望。我尚且惑之，何况这沉溺于情海中的白面小生？我让他起来，他不，却又是咚咚咚磕头，再抬起脸来，已是泪流满面：

“许宣求法师放过我家娘子！”

我沉默不语，心里却惊愕，这许宣，与当日涕泗横流求我救命的许宣相比，好似脱胎换骨一个新人，现在的眼泪与过去的眼泪有霄壤之别，如今这张泪脸上有了担当的、沉毅的气概。

“我问你，许宣，”我开了口，“我为何要放过一个妖孽？”

“我也问你，法师，”许宣回答说，“当日，你为何要迫我重回一个妖孽身边？”他一点也没有退缩，望着我：“因为你知道，这妖孽，她绝不会伤我。你看似冒险其实是胜券在握。同样道理，我求法师放过我家娘子，是因为我知道，她绝不会伤人害人。一个不伤人不害人的妖精，一个生灵，泱泱世界，为何就容她不下？”

我微笑了，想起那妖畜的话，说：

“汝非妖，又安知妖孽本性？你又怎能知道她的真心？”

“当日，是你告诉了我九叶还魂草的来由，是你告诉我，我家娘子为救我性命几乎丧生。你说，看来那妖畜对你是有一点真心……法师亦非妖，法师又从何知道妖心？如今我与娘子，朝夕相处，患难与共，亡命天涯，已逾两年，她是我孩儿的亲生母亲，我若不知她，别人就更不知她！这次大疫大灾，本是人作下的孽，却要用我家娘子的血、一个妖精的血来救人的命！多少人来喝我家娘子的血呀！举着火把，排着长龙，不舍昼夜！我家娘子的血，流了一钵又一钵，流了一碗又一碗，好像那是天泉，流不完，流不尽！到最后，她十个指尖都成了透明的冰柱！……法师啊，你也喝了我家娘子的血了，你也是一个妖精的血救活的人，试问，天下可有这样‘害人’的妖精？”

我大惊。就是在那一刻，我终于知道了所谓奇药是什么东西！人们翻山越岭端着捧着视若至宝的是什么东西！我一阵恶心，这妖孽用她的脏血亵渎了我，亵渎了人间！我头晕目眩，冷汗涔涔，闭上了眼睛，黑暗中只觉数不清的金虫在嗡嗡乱飞。只听许宣冷笑了：

“法师啊，你好虚伪。你若不喝我家娘子的血，早没命了。你死不足惜，你可知你还要传多少人，害多少人？多少人要因你而死？出家人讲慈悲，你可有一点慈悲心肠？你一心要灭杀人的异己，可对于天下万物一切生灵，难道人就不是异己？”

我不知道他是何时离去的。我打坐，念《般若波罗蜜多心经》，让自己静下来。太阳是何时落山的，我不知道，月亮是何时升起的，我亦不知。起了山风，起了林涛，干干净净的山风把我透彻地吹干净了。我一夜诵经，等我再睁眼，黎明的霞光洒在我身上，那霞光，美若西天胜景，我几乎落泪。我起身，用我的紫铜钵盂去溪边取水，饮了个痛快。然后，我回到草棚，等着她到来。

但是，我等来的是别人。

他说他姓胡，是这碧桃村山民。他问我：

“法师啊，你远路迢迢来这人人害怕的瘴疫之地，是路过，还是专为来此？”

我回答：“依檀越看呢？”

他笑笑，他的眼睛狭长，眼光闪闪烁烁。“我给法师说件奇事吧，”他说，“法师可曾见过蛇孩儿？长得和人一模一样，可是性情却是蛇性，像蛇一样在地上游，听到捕蛇人的笛子，就狂扭起舞。依老朽看，法师冒险来此，十有八九，和这蛇孩儿有关。不知老朽可猜对一二？”

我不语。

“不瞒法师说，这二年来，好好一个碧桃村，怪事不断，祸事亦不断。古往今来，没听过、没见过的奇事、祸端，接二连三，单说今年秋天，那一场惨绝人寰的人蛇大战，怕就是旷古未有的奇闻！依老朽看，法师来此，定和此事有些关联？”

我仍不语。

“再说这大瘟病，来得着实蹊跷，人人无法可想，偏只有一味药可治。这味药的奇，真乃匪夷所思，或也可说是解铃还须系铃人。想法师自己也领教了这药的奇处。依老朽之见，法师前来此山，想是为这瘟疫而来？”

我坐正了身子，开口说道：

“贫僧冒昧问檀越一句，檀越家可曾有人染病？”

他闪烁的目光聚了一下，回答道：

“小儿金郎，曾染此病。”

“可曾服那奇药？”

“自然服过。”

“如何？”

“自然是好了。”他回答，“可老朽终有一惑不解，还请法师赐教。”

“檀越请讲。”

“她行此大善举，居心何在？害人者为妖，为妖者岂能不害人？如今这碧桃村，人妖混居，黑白颠倒，妖血四传，不知暗伏了什么样的大祸事？还请法师明示。”

我双掌合十，回答道："阿弥陀佛，我佛自在。"

他走后，我走出草棚。身子真是一天好过一天，五谷杂粮给了我再生的气力，她（它）的血给了我抵抗瘟疫的能力。如今，我也是一个身流妖血的人。我面山负暄而坐，采天地之精神。人心真是黑暗，举目可见忘恩负义之人，行忘恩负义之事。我奇怪为何这志同道合的来访者让我郁闷。他的话，句句都像是出自我口，倒让我对自己又一次生疑。这是个不光明的人，不光明的人口中为何句句都是我所持的真理？我静思，阳光彻照着我大病初愈的身心，我忽有所悟：大善和大慈悲在真理之外，同这山、这水、这风与这慈悲的阳光都在时光之外。

她又来送饭。瓦罐里是新鲜的粥面饭菜，粗碗里还是掺了她的血的药汤。她见我打坐没有扰我，放下东西即去了。我望着她背影，想她的话："众生皆有佛性，何谓人？何谓妖？"人放下屠刀可立地成佛，人为自己设想出这样一个完满的终极退路之后，即可放心大胆地为恶，她舍出一腔鲜血救人，人为何不能容一个不作恶的妖异共生共存？

多少人喝了她的血，就有多少人想要她的命，这是我后来知道的。那一天，我坐在户外，诵经，静思，肉身和内心争论，自己和自己争论。太阳依然很暖，甚至热，一点不像冬寒十月的太阳。她送来的粥面，素净，却清新养人。这夜我睡得很实，很沉。到早晨，神清气爽。我以为这神清气爽的一天会平静地过去，但就在午后，忽然有人朝这沟里来了，一群人，五六个老者，为首那人拄着拐杖。他们一见我就呼啦啦跪下来，口里说道：

“法师救命！”

我请他们起来，席地坐下。我已知道他们的来意。果然，为首那拄杖的老者率先开口说：“此地出了妖孽，请法师除妖禳灾。”

“请问檀越，你们怎知出了妖孽，征兆何在？”我有意这么问。

“法师明鉴，那蛇孩儿就是明证，那孩儿，还不会走路，却会闻笛起舞，怪诞无比，淫邪无比，人绝不会像那样子狂扭。天有眼，让小人们看到了征兆。”

“举凡妖孽，必祸害地方，请问檀越，可能举出此妖的劣迹恶性？”我又问。

“啊呀法师啊，碧桃村向来风平浪静，可是今秋以来，出多少祸事？最大的祸事莫过于这大瘟大疫，百年不遇的大疫，死多少人？不是此妖作怪，又是什么？”老者以拐杖触地，义愤填膺。

“贫僧有一事不明，既是此妖作怪，为何她又舍血救人？”

“这也恰是老朽们最担忧的地方，谁知她包藏何种祸心？若当初我们知道那奇药是什么东西，谁还会去喝那妖精的妖血？如今悔之晚矣！听人说那妖血在人身子里会作怪，若真是那样，可如何是好？还望法师出头，勘明真相，早日镇邪除妖，碧桃村赤子苍生感激不尽。”

我沉吟片时，回答说：

“既如此，檀越们先回去，莫声张，且别打草惊蛇，等贫僧勘明实情再做理论。”

听我这样说，那老者若有所悟，惨然苦笑道：

“如此看来，法师竟是和我们一样的凡夫俗子，难不成法师也因为自己喝过这妖精的血，法师自己也被这妖精所救，所以才不忍下手，所以才念小善而弃大义？”

我惊出一身冷汗，他竟然说出师父临终前对我最后的告诫！

眼前，流水依旧，山风依旧，阳光依旧，天地沉寂万物无语……内心漆黑的长夜，却被一道闪电劈作两半……

事到如今，我不得不下手了。我一生等待的时刻到了，就像师父等来了和那九尾妖狐的决战。可是，我却觉不出一点兴奋和激动，我闭上眼睛，她就来在我眼前，一脸悲伤和无奈地问我：

“佛家最讲慈悲，众生皆有佛性，何谓人？何谓妖？”

原来，杀一个妖，也如此不易。

我忽有所悟，当年，吾师斗那九尾妖狐，是否也有如我一样的困惑、隐衷和犹豫？他为何要在京师一等三年？是等待时机还是——和自己较量？我想起沉在钵盂中九尾妖狐媚长的眼睛、鲜血淋漓的身影，它是否也有令吾师“不忍”的无奈和无辜？这也许就是师父临终前命我喝下那钵盂中水，嘱我“铁面无私”“顾全大义”的缘由——做一个铁面无私的除妖人不难，难的是“铁面无情”。

没等我做出决断，事情忽然起了骤变，村人自己开始“驱妖”。家家门前都挂上了端阳才挂的艾叶，涂上了朱砂和鸡血。有人半夜起来将牲口血泼在了许宣家门上。流言风传，说她的血其实是“蛊”，她已将最毒的蛊放进了人身体中，只要她作法，人就会迷情或中蛊而死。乡人开始骚动，不光是一个碧桃村，流言向来比瘟疫传播得还要迅疾，前山后山，东村西郭，包括寿安城，方圆几百里，人们被这新的恐怖所笼盖，被这新的灾殃所笼盖。她的灭顶之灾就要来了，风传只有除掉她，那蛊才会慢慢自行发散。人们朝碧桃村拥来，就像一月前一样，不同的是，一月前人们捧在手里的是碗盏一类的器皿，如今则是手持铁锄或者棍棒。乡人们举着火把，从四面八方奔来，火把的长龙又一次在群山间蜿蜒，这一次，是杀气腾腾的火龙。

胡爹和那几个老者又一次来到我的草棚，他们来“请”我进村“与民除害”。与其说是“请”，莫若说是胁迫。我不动声色，背上我的钵盂，怀揣我的宝器，手拄禅杖随他们而去。愤怒的乡民已经堵住了许家的庄院，堵了个水泄不通。还有更多的人，朝这碧桃村蜂拥。村中央，设了一座神坛，备下了书符所用的丈二黄绢以及香烛等物，他们请我立即升坛作法，我这才说道，他们“请”错了人。用这书符画符请天兵神将降妖的，该是道家的真人才对。我一个僧人没有呼唤天兵天将的神功。

“敢问法师，”胡爹目光炯炯地发问，“请不来天兵天将，如何降妖？”

事已至此，我决定实言相告。

“贫僧自有法宝。”我回答，“实不相瞒，贫僧确是为此妖而来。尔等可知此妖的来历？它本是一条白蛇，修炼三千年，修成女身，来人间历劫。此妖神通广大，法力精深，非寻常小妖可比，书符画符之术不能伤她分毫。降服此妖，除贫僧二件法宝之外，还需天机，天机不到，不可轻举妄动。故檀越们不能焦躁行事，若焦躁行事，触怒此妖，反铸成大祸。切记！切记！”

此言一出，呼啦啦一下，围堵许家庄院的人群，纷纷抱头后退，退出约莫半里之遥，留下一地踩落的草鞋、布履。

此言一出，我忽有所悟，我这是在为这妖孽、这敌人留下生机。

二

火把将杀气腾腾的夜晚映照得如同白昼。

到此时，娘子反而心静如水。

她怀抱着粉孩儿，喂他吃奶。这粉孩儿就快一岁了，长出了小牙，喜欢用尖尖的小牙齿咬母亲的乳头。嘴很笨，不会说话，不会喊爹喊娘，却会沉思。沉思时双眉之间竟会皱起一条细细的小竖纹，让人好生心痛。娘子拍他，哄他入睡，他叼着奶头心满意足睡着了，一点也不知道外面的世界有多么凶险。

娘子抱着熟睡的儿子，坐在床边，许宣抱着他的娘子。他们一家三口紧紧抱在一起。屋里没有点灯，外面熊熊的火光将他们的草屋映得很光明、很敞亮。娘子忽然觉得，这在劫难逃的一晚很幸福。

“娘子啊，”许宣忽然开口说话了，“你跑吧，你逃吧。你是能跑能逃的呀！”

娘子懂他的意思。娘子笑了：

“官人哪，你说，我跑到哪里去？哪里是我容身的地方？”

许宣落泪了，他为这人世间感到羞愧。他更用力更缠绵地抱紧了他的亲人，说：“也好，那就让我们一家三口，死在一处——”

“官人!”娘子回手一掌捂住了他的嘴,“官人,你要答应我,若我真出了事,你一定要好好带大粉孩儿,无论多么不易,多么煎熬,你都要带大我们的孩儿……若再没有了这孩儿,我岂不是真真的白来了人间一场么?”娘子的美目灼灼地逼在官人脸上。

许宣泪如雨下。

吱呀一声,柴门响了。这吱呀的轻响,此时听来,犹如惊涛骇浪。传来了脚步声,细碎而急促的脚步,横跨过宽阔的院落,来在近前。屋门也被推开了,来人穿过堂屋急匆匆奔进这屋,她站在房门口,浑身颤抖,原来是在啜泣。

“娘子,官人,我好没脸见你们啊!”她一下子痛哭失声。

“顺娘!”娘子听出声音,赶忙放下孩子走上去,扳住了她的肩膀,“你怎么来了?你怎么来了?”

“娘子啊,”顺娘泣不成声,“他们好没良心啊,人真是好没良心!娘子,你别伤心……”她说不下去了。

娘子一把搂住了她,搂住了这人间的姐妹。她也流泪了,是喜泪。在这样一个黑暗的不义的夜晚,她有了一个人间的姐妹。顺娘也搂住了她,搂住了一个她终于知道了底细的妖怪。顺娘哭道:

“娘子啊,你逃吧,你逃吧,你抱着粉孩儿快逃吧,谁知道他们会干出什么事?”

那一刻,娘子眼睁睁看见了自己的救星。她拉住顺娘,在床边坐下，替顺娘抹干眼泪，说：

“顺娘啊，你来了，我好高兴，你先受我一拜！”说着，她就朝顺娘跪下，恭恭敬敬磕了一个头，顺娘吃惊地跳起，不知所措：“娘子，你这是做什么？”

“妹妹呀，”娘子跪在地上，安静地、从容地抬起脸来，“我知道我这是非分之想，可我也实在没有别的办法，从粉孩儿一生下，你就喜欢他，我想把他托付给你，我也只能把他托付给你！只有你，和官人，能给他一个安稳的家……那孩子，你知根知底，他今后在这人世间，还不知道要吃多少苦，要经受多少大磨难！若他能逃过眼下这一劫，你，就是他的亲娘！妹妹啊，我求你了！求你和官人，带着我的孩儿逃走吧——”

话还没说完，顺娘也跪下了，抱住娘子，哭得泣不成声：“娘子，娘子，你快别这么说！你神通广大，能救那么多人，你怎能救不了你自己？”

此刻，青儿正走在通往碧桃村的山路上。

自然，不是一个人。还有一匹马，马上驮着那俊美的大病初愈的小生。刚刚结痂的疮口，还显眼地留在他白皙的面庞上，这让他心怀隐忧，生怕这疮疤会使他破相。

“范巨卿啊，你放心，就要见到我姐姐了，我姐姐的手，是神手，别说你这小疮小疤，就是碗大的疤，也不在她话下。”青儿和马并排走，安慰他。

“这么说，你姐姐是痘疹娘娘啊？”“范巨卿”心里觉得好笑。

小青儿不知道谁是“痘疹娘娘”，就信口胡诌道：

“痘疹娘娘算什么？有一回，痘疹娘娘脸上生了疮，还是我姐姐给医好的呢！”

“范巨卿”笑得差点儿从马背上栽下来。

那被遗弃在荒村破庙里的小生，果然是这“范巨卿”。他们的戏班，从邻省转台口来到一个叫作浮山的地方，还没唱两场，时疫就流传到了这里。就在他们慌忙收拾行装准备开拔的时候，这当红小生突然发起了高烧。高烧让他昏迷。等他从昏迷中挣扎着醒来时，发现自己已是在一个四顾无人的野庙里了。身旁，只有一个瓦罐，一只粗瓷碗，瓦罐里是一罐清水，碗里是几个米粑。

他不知道，就在此时，几百里外，一个姑娘从碧桃村出发上路了。她一路朝北，见人就问：“大嫂啊，你见没见过我家哥哥？他叫‘范巨卿’，是唱戏的，听说他染上了瘟病，你可见过他没有？”她一路上，大嫂大婶大妈大叔大哥大爷叫了不知几千几万遍，有人摇头，有人给她指路，却是一条南辕北辙的路。只好从头再来。她像没头苍蝇一样在那一大片丘陵山地转来转去，一刻不停歇。渴了，喝山溪水，饿了，顺手摘两把野果。她脚上打起了泡，磨破了，血水直流，成了血肉模糊的一双脚板。她跛着脚，东撞西撞，问了这人问那人，尽管她的话叫人糊涂摸不着头脑，可那小生毕竟算一个红小生，也还是有人看过几出大戏，越往前走，有关他得病的传闻也就越多。她总算没被人指引到爪哇国去，她总算一步三折靠近了他，逼近了他。当那个夕阳西下的黄昏，她终于走进荒草没膝的庙院。看到躺在地上昏迷不醒却还一息尚存的他时，这小青蛇她猛然双膝跪地，平生第一次朝天恭恭敬敬磕了一个头。

她二话不说咬破手指，将她的血，挤进他紧闭的嘴里。她又用她的血，研开了回春散，跪在地上，将他的头，抱在胸前。她先把研开的药含到自己嘴里，然后，像哺食的母鸟一样，俯下头，将嘴里的药一口一口喂进他的口中。她的血，真是神奇的好东西，十几口下去，他死尸般的脸上有了一点活气。

她连灌三包，下着猛药。

他浑身青紫、溃烂，流着脓血。她用瓦罐从河里取来清水为他清洗疮口，她又挨个咬破自己的指头将她新鲜旺盛的鲜血挤进一只大碗中，将药研开，用这药涂遍他受苦的身体，也是一日三遍。三天后，他高热退尽，睁开眼，有了知觉，七天后，他浑身脓疮消肿、收脓，开始收敛结痂。那一天，当高热退去，他从昏迷中睁开眼睛，看到俯在他面前的这张光明的、青春的、活力四射的脸庞时，挣扎着问了一句：

“这是哪里？阴间还是阳世？”

她嘴一咧，毫不害羞毫不掩饰地趴在了他身上，抱住他哇哇大哭。她哭得那么嘹亮和欢乐，她把他从地狱里救出来了，抢出来了！她又把他拉回到了这个世界，拉回到了阳光、蓝天和白云之下，拉回到了她看得见亲得着的这个人世间！她把泪脸在他胸前来回揉搓着，说道：

“我好快活啊！我好快活啊！”

十天后，他已经能扶着断壁残墙走出荒草没膝的破庙，来到河边，在流水中照自己的脸。这脸，恍如隔世一般，带着前世深刻的疮痕。他对着这张脸落泪，哀悼着它昔时的俊美。

他曾不止一次问她：“你怎么会在这里？你怎么能找到这里？”

她回答：“咱们有缘。”

他想起那告别，想起一碗又一碗甜入心脾的杨汁金露——那竟然仿佛都是前世的往事了。他握住她手，她十个指尖上都是伤口，血迹斑斑。他亲眼看见了她是用怎样的“药”来为他治病的。他又惊讶又感动，把那双伤痕累累的手抱在怀里，亲着它们，流下热泪，他说：

“我用什么来报答你们啊？”

这破庙，四周无人，最近的庄子也在五里之外。她天天出去，到有人迹的地方为他寻找食物。她还寻来了火石，这样他们可以生火烧水取暖还有照明。夜晚，当火笼起时，破庙里竟有了一种近似旖旎的温暖，他们四目相对，他拥她入怀，重生的喜悦和激情让他放肆，还有一种地老天荒的错觉。他与她缠绵，他放肆地、放纵地使这无知无觉天真烂漫的小青蛇领略了人间最隐秘最美妙的欢情。

“哎呀呀！”她喜泪狂飞。

火，还有美眷，使最寒碜简陋的难挨的长夜成为一个个良宵。

小生“范巨卿”平生第一次经历了什么叫梦想成真，什么叫人间天堂，平生第一次经历了原本只能在舞台上幻想，却从来没有在人间看到的事情。他情不自禁地想起舞台上最迷人的情景：

倚长袖，香肩并亚；翻瓣谱，玉纤同把。绝调佳人世真寡，觅破绽并无毫发。非虚假，天香桂花。觑仙姿，前身原是月中娃。

晚风吹，新月挂，正一缕凉生凤榻。池上鸳鸯，并蒂花。

小生“范巨卿”平生第一次为自己拊掌而歌。

这一天，小青蛇从庄子里回来，带回的不仅仅是食物，还有一匹马。她牵回一匹大黑马，对他说：“范巨卿呀，该回家了。”

他从小被卖进戏班学艺，戏班就是他的家。但是那个家在他最危难时遗弃了他。他无家可归，此时，她就是他的家。于是，他骑上马，跟着她，跟着自己的美梦踏上了归家的路。

他们日夜兼程，很快活。马是好马，人是神仙眷侣，若能这样一直走下去，他们将是世上最快活幸福的男女。可是，碧桃村到了，结局到了。抵达碧桃村时已是深夜，远远地，小青蛇就看到了冲天的一片火光，再近前，就看到了那个熟悉的火把的汪洋。她好生惊诧，说：“天呀天，不好了，又有瘟病了呀！”一句话，吓得她自己手脚冰凉。她催马疾行，马却不安地长嘶，踯躅不前，马背上的人也早已变了脸色。小青蛇心急如焚，回头嘱咐道：“范巨卿，我先走一步！”说罢，丢下马，独自冲下山坡。刚来到神树前，就听有人喊：“妖来啦！”唰一下，火把的海洋中分出一条狭路，人们朝后退，向她怒目而视，却又不敢轻举妄动。她像示众似的穿行在这人海的夹道中，莫名其妙，火把下面一张张人脸，光影晃动，黑沉沉如张牙舞爪的怒鬼。她突然感到了恐怖，撒腿就跑，一边尖叫：“姐姐呀！姐姐呀！”

最后一夜，最后关头，她的亲人，她的姐妹，她的小青蛇赶到了。

神案设在正对着许家大门的空场上。案上点着香烛，摆着一只酒坛、两只大钵碗，坛里是香气馥郁的雄黄酒。还有一把无鞘的短剑，闪着突兀的寒光。

胡爹问法海：“请问法师，时机可到未到？”

法海整整袈裟，捧好他的钵盂，不怒而威，沉声说道：

“我进去，自有道理，尔等不可轻举妄动！”

约莫半里路，法海一个人，走得地动山摇。几千双眼睛，鸦雀无声盯着他看，几千双眼睛在他身上穿出几千几万个黑窟窿，屋里的人，则是在等，知道到了最后的时刻。院门四开大敞，屋门也四开大敞，四开大敞迎接这索命的仇敌。他走得太慢，半里路，比一百里还长，比一生一世还长。忽然他身后传来了海涛般的怒吼：“杀死妖蛇！”“杀死蛇孩儿！”“斩草除根！”几千人为他壮着行色。吼声中法海终于进来了，他站在了他们面前，他等了一生的时刻到了。

“法师，你如愿以偿了，你高兴了吧？”许宣悲声地问他。

法海站了片刻，回身掩上了房门，这一个家常的、日常的举动，让他们意外。怒吼声被挡在了外面，虽说只是薄薄一层门板，却顿时有了私密和隐情。

“这里可有后门？”他哑着嗓子问。

他们，许宣、青儿、顺娘，还有紧紧抱着粉孩儿的娘子，愕然不知如何回答。半晌，顺娘最先醒过神，忙点头说：“有！有！出了后门就是山林！”

他调整着气息。

“那好，许宣，等一刻，你抱着孩子，从后门走吧，出了门就进山林中去。”他面无表情地说。

此话，如同惊雷，将他们劈蒙了。娘子猛然明白了法海在说什么，那是她在人间听到的最有担当的一句话。她抱着她的儿子扑通一声跪下：“法师啊，大恩不言谢！”说完，她给他郑郑重重地磕了三个头。随后，她又转过身，朝许宣和顺娘也重重磕了三个头：“官人哪，白素贞来人世一场，只留下这一条根苗，求你看在夫妻一场的分上，不管多么艰难，也要和顺娘妹妹一起，好好带大我的孩儿，等来世，我结草衔环，报你们的大恩大德——”

许宣扑上来，抱住她，痛哭失声。他冲着法海哭问：“法师啊，天理何在？我家娘子，舍血救人，反倒惹杀身之祸，为善者，不得善报，为恶者，四处逍遥，法师啊，你行的是什么报应？”

“许宣！”法海厉声喝止住了他，“休要胡言！有取必有舍，这是什么时候？你快快收拾东西带孩子逃命，误了时机，连我也救他不得！”

娘子一手搂住她的儿子粉孩儿，一手搂住她的夫君许宣，她知道这一别就是诀别。娘子说道：

“官人哪，我白素贞，好眼力，千人万人中，看上了你！我好欢喜……我没白来这一回！莫让我心乱，你好好走，等来世，咱们相约，我和青儿还在西湖断桥亭边等你——”

说完，她低下头去，亲熟睡的粉孩儿的脸，恨不能一口吸进她的魂魄里。那熟睡的孩子被惊扰了，小脸一阵乱晃，睁开眼，看了一眼亲娘，嘬一嘬红如罂粟的小嘴巴，又睡去了。天塌地陷、永世诀别的时分，他睡得很香。他把脸朝娘怀里使劲拱，他不知道那是他最后一眼看见亲娘。娘子搂紧他，天崩地裂般痛。忽然她把孩子朝顺娘怀里一送，厉声说道：

“顺娘，从今往后，你就是他的亲娘！你快快扶起官人，走！”

青儿此时已哭成一个泪人，青儿喊道：“顺娘啊顺娘，你要好好疼粉孩儿啊！”

娘子转过身来，擦干眼泪，对法海说道：

“法师啊，白素贞现在听凭你发落，只是，还求你再发慈悲，网开一面，放过我妹妹，放她回蟠桃园——”

“姐姐呀！”小青蛇尖叫着打断了她的话，“你住口！我小青蛇，来这人世一遭，得遇姐姐，我好快活！生，我只同姐姐一处生，死，也要和姐姐一处死！法师啊，我小青蛇别无所求，只求你一件事，若我和姐姐都死了，求你将我俩，埋在一处！”说完，她一跺脚，“生死由天，要动手就快些，莫要啰唆！”

话音落地，她眼前闪过了那个俊美的、俊秀的小生，闪过了荒村野庙中那欢情的良宵。她心里突然如撕裂般难割难舍。

“范巨卿”挤在人群的最前面，激动、不安，未曾平复的疮疤因为兴奋而发红。人群变得不耐烦和狂躁，神案都快被拥倒了。有人开始捶打自己的胸膛，撕扯自己的头发，大声哭泣，人们都说那是蛊在发作。谁也不曾留意，神案上少了一样东西，那柄短剑不见了。

眼尖的人喊起来：“来啦来啦！”

真的是来了。三个人，法师在前，她们在后，袅袅娜娜，穿过那一片空场。夜空被火把照亮得如同白昼，纤毫毕现。她们这一对姐妹在这最后的夜晚，看上去美如天仙。这美貌和从容一下子激怒了人群：“烧死妖精！烧死妖蛇！”狂暴的人群喊起来，喊声惊天动地，却没有人敢冲上前。

小青蛇的眼睛，在人群中搜寻，她看到他了。他大概就是为了让她看到所以站在了最前边。就算有疮疤，他也是这世上最俊美的一个男人！青儿猛然大恸，抱愧万分，她就这样把这孤苦伶仃的人，把这有情有义的“范巨卿”丢下了！他身边的人，前前后后，都在愤怒地喊叫，他不喊。他一瞬不瞬看着朝他走来的美貌的小女人。她走上去，站在了他对面，声音颤抖着开了口。她说：

“范巨卿啊，我的哥哥，我的亲人，我好抱歉——”

话未说完，只见寒光一闪，他从袖中亮出了那把短剑，当胸朝她刺去。她被刺中了，血很慢很慢地涌出来。她惊愕地、不相信地望着他和他的剑。剑尖上的血，滴落到他的脚面上，这血救过他的命。莫不然他真的是在做戏？可戏台上的“范巨卿”为了情义以命相许，他杀的是他自己呀！

“妖精啊，我们无冤无仇，你为何要骗我！为何要用你的蛇血放蛊害我！”他扔掉了那滴血的剑，号啕大哭。

娘子扑上去，抱住青儿。血流如注。法海高声念了一声佛，厉声说道：“我佛慈悲，舍身饲虎，割肉贸鸽，向不杀生！今我领佛门旨意，来降二蛇。吾师赐我佛门法宝，钵盂与宝塔，嘱我生擒二妖，镇于宝塔之下。尔等不可造孽，伤她性命——”

可是晚了，小青蛇的血，突突地，像山泉一样涌。她的身子，越来越凉，两只清亮惊愕的大眼睛，望着娘子，渐渐涣散。青儿努力笑一笑，说：“姐姐呀——”血从口中涌出。她用最后的气力做了一件事，重新变回一条蛇：一尺盈余，流着血，碧绿、苍翠、干净，楚楚动人。

人群惊呼。

娘子抱着渐渐冷却的青儿，没有哭，没有流泪。她抚摸它碧绿、干净、美丽的小身体，说："你原来这么小，这么好看！"她抬起眼睛，对法海说："你看见了，你看清了，它是这么小！"突然她迅雷不及掩耳地弹回身，倏的一下，如电光一闪，一口咬住那俊美的小生的脖子，只一口，他就瘫倒在地上了。她满嘴鲜血，冲法海一笑，说道：

"法师啊，我也不枉做一回妖了！"

人群大乱，惊叫，冲撞，抱头鼠窜。她捡起了地上扔着的那柄短剑，那上面，有她亲人的血。她把它握在手中：

"法师，不劳你动手了！"

心空万里，再无半点牵挂，她举起短剑，朝自己的心窝猛地捅去。

鲜血在人间四溅。那血，竟然是热的。

三

《法海手札》

她倒在地上，尚有一口气。她对我说的最后一句话是：

“法师，让我变回蛇身，让我……走得安心、干净。”

我举起钵盂，念除妖咒，将钵盂扣在她头上，又念现身诀，竟毫无效果。她仍是一具完好的“人”身，躺在血泊之中，血污的胸口盘着小青蛇苍绿的遗体。我又连念三遍诀语，她毫无变化。惊慌失措的胡爹忽然抱起神案上的雄黄酒坛，将满满一坛雄黄酒泼在她尚有余热的尸身上。酒香夹着血腥，冲天而起。许久，那浓郁的气味渐渐弥散开去，她却还是她，一个人间的美妇人，不改其容。

我豁然大悟：她修成了真正的人身。三千年仙修未做到的事，人间让她做到了：她舍出灵异的蛇血，成为肉身凡胎的人。

噪声离我远去。我盘腿坐在血污的地上，坐在她身旁，念《大悲咒》，念《般若波罗蜜多心经》，为她和她的青蛇姊妹超度。

“头七”过后，我带她们上路。

她们都在我的紫铜钵盂中，一条小青蛇和一抔灰烬。我无法让她再变回一条蛇，可我能替她扔掉她曾经视为图腾最终却让她唾弃的东西，我可以让那具尴尬的肉身那具臭皮囊在烈焰中化为灰烬，让她走得干净、安心。

最后一次用我的宝器钵盂贮水，不是为了照妖，是为了和它告别。我注满清泉，与它对视。我突然发现那钵中无我。清澈的一钵山泉，如同明镜，映着蓝天白云和掠过的飞鸟，却没有我。我与这空明澄净对视良久，然后，我把那至清的无我之水倒回奔流的溪中……人归于人，水归于水，有归于无，无我无你，无舍无取，无内无外，无心无体，万法无量，阿弥陀佛……

我的宝器，我的钵盂，最终盛满了她们的骨灰，做了她们的殓具。

我手拄禅杖，背着钵盂，昼行夜宿。我一路朝北，奔向杭州。我决计将她们葬在西湖边上，葬在高处，那是她们相约与许宣来世再见的去处。我要在她们的坟上竖起我的宝塔，我要让这最后一件镇妖宝器，做她们的墓碑，留下她们曾经来过这世界的证据。

阿弥陀佛，来世，她们和许宣再见，还会不会再碰到我？

我是个别无选择的除妖人。师父，我完成了我的使命。

我以正义之名，杀害了她们。

……

四

自从雷峰塔耸起在西湖南岸的夕照山下之后，就没有人再看见过法海。

他没有再回金山寺。有人说他仍旧四海云游，芒鞋破钵，成了个疯疯癫癫的游方和尚。也有人说他隐居在极深的深山小庙里，开荒耕种，日出而作，日入而息，过着极俭朴的方外生活。也有人说他其实早不在人间了，雷峰塔诞生的那一天，他即投西湖自尽。持这一说法的人，言之凿凿，说那是个月夜，法海乘小舟游湖，摇船的船家，站在船头摇橹，法海一个人，坐在舱中望月。桨声欸乃，船家摇着摇着，从白堤，到苏堤，摇到湖心深处，和他搭腔说话，无人作答，回头一望，才看见那舱中早已空了！什么时候落的水，船家竟不知道。

还有更荒唐的说法，说他成了一个红尘中的酒色之徒，终日纵情声色，狂放不羁，无钱吃饭却有钱买醉，醉卧花丛，常常三日不醒。愤懑欢笑，眼泪悲声，皆成妙曲辞章，竟做了一个落拓文人。他更名换姓，有人说那化名汤显祖的就是他，也有人说是叫李渔。

有位豁达睿智的白髯长者听了这种种奇谈，捻须而笑，他说，这不过都是法海为了掩人耳目留下的障眼法。

多年后，有人在那条北方的大河岸边看见了一位还俗和尚。这个还俗的和尚终年混迹于黄河两岸的纤夫当中，除了头顶上那三行去不掉的戒疤，他和别人一样，精赤条条，浑身黢黑，肩膀上背负着沉重的纤绳，阳物在他胯下风铃一般晃来晃去，嘴里发出地老天荒的呼喊：

盘古爷呀，嘿哟嘿哟！
开天地呀，嘿哟嘿哟！
女娲娘娘，嘿哟嘿哟！
生万民呀，嘿哟嘿哟……

远远望去，他和那些所有一丝不挂的人没有两样。

这还俗的纤夫唯有一件事与众不同：他常常喜欢在大雨滂沱之中，一人独坐河岸，面对逝川。雨幕茫茫，谁也分不清他雨水横流的脸上是喜是悲。偶尔有人撑伞从他身旁走过，断断续续听到他的只言片语：

“人归于人……水归于水……”

五

在对儿子讲完了他们的故事之后，黑夜降临了，是永远的黑夜，许宣抬起眼睛说道：

“儿，天黑了吗？”

许仕麟没有回答，他没有听见父亲的话，天还没有黑，太阳还没有落下去，西天一片血红，山峦、城郭、大河一片血红。他扑倒在坟头上，抱住了母亲——养母——的石碑，匍匐在那里，将脸紧紧贴住冰冷的石头，一个声音好似从天边传过来，是久违的、让他彻骨想念的声音：“可怜的蛇人！”那个畸零的、残疾的少女原来早就洞悉了这大秘密，原来她是一个比他智慧百倍的哲人，她用不着任何人指点迷津，她一颗金子般的心可以照亮人间所有黑暗的秘密。

许宣把渐渐安详静穆的面孔转向了坟茔的方向：“儿呀，我到今天可以对你娘说一句话了，我把她留在人间的根苗养大成人了，我许宣没有辜负她以命相托的情义。粉孩儿，我的儿，你现在是新科状元，天子的门生，你的一生已经注定了是要被万人仰慕的。你要做的只有一件事，就是从此往后一辈子守住一个秘密，守住爹爹今天告诉你的这个秘密。守住这个秘密，你就前程似锦，说破这个秘密，你就像你娘、你爹一样要在这个人间亡命天涯，死无立锥之地。儿呀，何去何从，就在一念之间。”

坟茔的对面就是那条河，那条亘古长流的大河。

“爹爹啊，”他抬起脸，慢慢跪直了身子，“我好快活啊，我总算知道我的来历了。我是个蛇人，我死也不会再做人世的官，再要人间一分一厘的荣华富贵。”说着，他仰脸向天，西天依旧血红一片，流的都是他亲人的血。他眼睛里也流血了，他对着天空喊道："娘，香柳娘，你们若真的在天有灵，就帮帮我，让我变成一条蛇，让我世世代代不再做人——”

许宣闻声向儿子伸出了双手："儿，天黑了吗？天怎么黑得这样实在？我一点儿也看不见你——”他突然顿住了，一下子明白过来一件事。“好，好，好，好啊！”他仰天笑了，“苍天有眼，从今往后，我再也不用多看一眼这个无情无义的人世了！”他摸索着，颤颤巍巍去抓儿子的手："儿，你说得好，下辈子，咱爷俩都不做人，凡是有眼睛的生灵我都不做了，让我变一棵树、一棵草、一块石头——”话没说完，粉孩儿就把失明老父亲的双手抓过来握在自己的手里。

第二天，这座河边的古城里发生的事情叫人们惊诧万分。先是纷纷传说新科状元的老父亲、言生堂的老东家忽然瞎了眼睛。接着，又传出消息，老东家言亘一夜之间转手出卖了自己经营多年、大名鼎鼎的言生堂。就在人们议论纷纷、百思不得其解的时候，言生堂一家人主仆同去，消失得无影无踪。

人去楼空，只留下陋室空堂，面对古城百思不解的疑问，面对大河滚滚东去的涛声。

许多年以后，江湖上有一对说书的父子名传天下。这对父子，一弹一唱，相得益彰。听说，父亲是个瞎子，儿子是个考场失意文运落魄的读书人。这对父子和别的说书人不一样，他们从不说唱别人的段子，所说所唱，都是出自自己的笔下。文人听了，称赞他们辞章高雅、文心悠远。百姓听了，称赞他们故事好听、情真意切。谁也说不清这对父子得了什么高人的指点，走遍天下，说遍人间，写出不计其数令人赞叹的话本，其中，最为著名、最为催人泪下、到处被人争相传说的一个段子，名叫《白娘子魂断雷峰塔》。

也有人说，有一年，一个身穿重孝的士林中人，千里迢迢，从干旱荒寒的北地来到这西湖边。那正是黄昏时分，落日余晖将雷峰塔涂染成了一座金塔。他一看到这辉煌的金塔就落泪了。他跪倒在地，一步一叩首，来到塔前，放声大哭。他哭第一声时，塔身就开始剧烈地颤抖、摇晃，从塔身深处，发出呜呜的、痛彻心扉的回应。这呜呜的回应让他又惊又痛。他们相对痛哭，他和塔，那哭声又惨烈又凄厉。他们一会儿号啕一会儿啜泣，一会儿如风呜咽一会儿如雨滂沱，那母亲的塔，从塔尖，到塔底，九百九十九只风铃，只只沁着眼泪，那是三千年的悲情，三千年的大悲情就只为了这一场恸哭。三天三夜哭下来，万山悲鸣，钱塘江起了大江潮，林中千万只杜鹃鸟伤心过度泣血而亡。到第四天早晨，他一双泪尽的血眼看见一个血太阳蹦出湖面的刹那，哭得气绝的雷峰塔轰然一声巨响，在他面前陷进地下，整整少了一层，这一身重孝的年轻人大吼一声，不省人事。

第二天清晨，一轮红日照旧从东方升起，照旧把万道霞光铺洒在西子湖上。炊烟照旧像往常一样在瓦屋上弥散。开门声，洒扫声，担水声，早市上的叫卖声，寺院里早课的钟声，街巷里人来人往之声……最终，又夹杂进了孩子们嬉戏玩耍的尖叫声。街道上车马辚辚，湖面上舟楫往来，一个一切如常的人间，在一切如常的祥和中醒来。粗心的人，甚至没有看出来西湖边上的雷峰塔少了一层。

那个年轻人没有再回家，也没有再回朝廷做官。他脱下孝服走进人群。从此游历江湖，鬻画卖字为生，最终匪夷所思加入了一个卖艺的杂耍班。那大约是在浙西南一带，他遇到了这群奇奇怪怪的人：有侏儒、有独臂的汉子、有没鼻子的老者，也有五官健全但不会说话的姑娘，侏儒肩上蹲着肮脏的害着眼病的猴子，独臂汉子身上盘着蛇，腰里掖着一管竹笛。他跟在人家身后，人家走他也走，人家歇他也歇，人家敲锣翻跟头撂场子卖艺，独臂汉子笛声一起，蛇舞，他心魂震荡。那笛声就像天魔的召唤，他跪倒在没鼻子的老者面前，说：

“大叔啊，收留我吧！”

从此他就跟这群畸零人一起，天涯漂泊，四海为家。他会走索，会爬竿，爬竿称得上是他的绝技，他有一种任谁也模仿不了的极柔美的攀缘姿势，他还会在那岌岌可危的竹竿顶端，将身子缠绕在竿上，闻笛起舞。那舞姿，美妙绝伦，荒诞绝伦，又狂喜又悲伤，看得人目瞪口呆。连杂耍班子的同行们也惊诧无比，谁也猜不透他到底是从哪儿得来这样奇特的天赋。人们在下面叫好，喝彩，可谁也看不见这迷乱的舞蹈者是怎样面对苍天泪飞如雨。

他热爱这种无法躲避的生活，他憎恨这种不能拒绝的生活。

第八章

落梅花

一

如果不是空云法师点破，我恐怕会把自己后半生的每一天，都放在“过往”当中。

十八岁大病初愈之后不久，我有一段日子，常常做一个同样的梦。梦中，总是看见一棵梅树，开着淡淡的红花，我经过它身边，总有几朵梅花落在我肩头，然后，我就听到一个声音对我说：

“带我回家，带我回家。”

醒来后，枕畔似乎真有一点淡淡的梅花的清香。

这不是一个有梅花的节令，我很纳罕。不过我不大惊小怪，我知道有许多事情是发生在梦中的，可遇不可求。

第二年春日，我们去踏青，那是学校放春假的时候，我们约了几个好友去郊外远足。疯玩了一天，归来时经过一个田庄，看见地头上，有几人正要锯一棵树，是一棵梅树。我心头一动，那梅树，十分眼熟，很漂亮，很精神，一树的花朵，看上去疏朗有致。我不由得走上前去，打了声招呼。

“公公啊，”我问道，“这棵树，生毛病了吗？”

“毛病倒是没毛病。”那老人家回答。

“没毛病，为什么要锯它呢？”

老人抬起眼睛看了看我：“小姐呀，不瞒你说，这树，不吉利。”他指了指脚下的田地：“自从我家买下这块地，有了这棵树，就没有太平过。三年里，大事小事，出了好几件，人也总是生毛病。前天请了个风水先生，来看了，说毛病就出在这树上，锯了它当柴烧，就好了。”

刺啦一声，树下那两个青壮年，大概是老人的儿子，已经抡开胳膊动手了，树皮顿时绽开一道伤口，清香的汁液像眼泪一样流出来。“且慢！”我忙喊一声，冲到他们面前，“老人家，这树，卖给我吧，我买了。”

那公公很纳罕：“小姐呀，你说什么？你要这树？”

“对，公公，你行行好，把这树给我吧！”

“你要活树？还是要锯下来的死树？”

“当然是活树，我就要这棵开花的活树，我要把它移栽到我家院子里，公公啊，请你老人家帮帮忙。”我说。

老人捋着胡须上上下下打量了我一番，慢慢点头：“这位女学生小姐，我不知道你为何要救这棵树，我可以成全你，不过，一棵树刨根离土移栽到别处，能活不能活，可就全看你的运气了。到时候小姐可别抱怨我老汉卖给你的是晦气。”

“我知道，老人家，”我望着那棵树笑笑，“谋事在人，成事在天。”

我知道老人很好奇，我自己其实也是好奇的，我不知道接下来会发生什么，我也不知道这棵树未来的命运，我更不知道它为什么要跟我回家。那时已是黄昏时分，太阳下山了，西天一片落霞，梅树像是一棵血树。它沉思不语，那是它在这片田头上的最后一晚。

它就这样来在了我家院子里，吉凶未卜。我用破布和麻绳裹住了它身上的伤口。花朵在搬动时伤了元气，几乎全落光了，只剩零零星星几瓣，倒显得分外招摇，像几句要紧的话。我知道它有话对我说，可我听不懂。起初它有些发蔫，树枝枯干，树身的颜色越来越暗淡，是死的颜色。我很着急，跑去请教花工，又是施草木灰又是浇水，渐渐它挺了过来。我总觉得它是在咬牙挺着。我抚摸它，似乎隐隐感到从树干深处传出某种动静，扑扑地、麻酥酥地传递到我手心，颇像心跳，这让我惊讶不已——树原来也有心跳！

母亲对这件事对这不速之客很不以为然，她说："你这个孩子，也不知道个忌讳，人家嫌晦气不要的东西，你弄到家里来，算什么？"可是木已成舟，说也是白说了，何况她又一向容忍惯了我的任性。母亲寄希望这树栽不活，早早变成一把干柴，烧了了事，可是，它在我母亲的抱怨和诅咒声中，一天天地、艰难地转着气色，身上的伤口也慢慢愈合。突然间有一天早晨，爆出一树的新叶，带着露水，片片翠绿如玉。鸟儿落在了枝头，喳喳叫，竟是一只喜鹊。我高兴地大笑大叫，说：

"娘，娘，它活了！"

从此，这棵梅树就在我们的院子里，扎下根来。年年开花，年年发芽长叶，却没见过它结果。它是一棵不结果的树。

自从它来到我家，我再也没有做过那个关于树的梦，我确信它就是那棵梦中的树，可是，它为什么要托梦给我，为什么非要跟我回家，却仍旧是一个谜。

我并不急于知道谜底，也许，根本就没有谜底，一切只不过是某种巧合。时光流逝，它越来越漂亮，风姿绰约，枝杈横斜，是树中的美人，花开得也最早，料峭春风中沁人心脾的那缕缕寒香，让我从早到晚神清气爽，耳聪目明。怪的是，一年一年，那花的颜色每每不同，有一年是淡粉，有一年又是雪白。母亲说："怪树！"母亲自始至终一直不喜欢它，可是我喜欢。花开时节，我从树下经过，总是有花瓣静悄悄落在我身上、发上，就像静悄悄幽秘的偷吻。我带着花瓣回屋，清香满室，我若带着花瓣上街，一条街就都让我染香了。

然后，一件大事发生了。

那是梅树来到我家的第三个年头，它第三次开花，我认识了许宣——当然那不是他的真名，他是个唱小生的票友。我家的房客中有一个人是他的琴师。自从父亲下世后，我们家的日子日见困窘，加上兵荒马乱，靠我母亲一人支撑我读书上学实在是吃力，家底越来越薄，于是，除了我们娘俩和我家老干娘自住的三间北房外，其余的房子，外带一处有回廊的侧院，全都出租了出去，用房租来补贴家用。

那琴师是上一年新搬来的客人，住了两间西屋，没有家眷，夏天他常常在梅树下拉京胡，漫长的夏日午后就充斥了老时光若断若续的忧伤。过了年，没出正月，那唱小生的票友就上门来了，上门找他吊嗓子，一开口，唱的就是《雷峰塔》中的许宣，那声腔气韵，还真是叶老板叶盛兰的味道。春寒料峭，没生火盆的屋里还不及外面暖和，那二人就在梅树下，有拉有唱，我恰巧从外面进来，他刚好一亮相——好漂亮的一个人哪！

几天后，琴师登门来，送来两张戏票，对我母亲说："太太请赏脸。"原来那是一场赈济灾民的义演，名角名票同台献艺。票是那小生请琴师转送的，说是常常来院中打扰，惊动主人，很是不安，两张戏票，送给太太聊表谢忱。我一阵脸热心跳，我知道那戏票是送给谁的，我母亲只不过是一个烟雾。

那一天，演的就是《白蛇传》的故事《雷峰塔》，他扮许宣。这是我第一次看他粉墨登场，他俊美的扮相、儒雅风流的身段、高亢悠扬的声腔真是把我迷住了。看到后来我热泪涟涟，觉得自己成了戏中人。谢幕时，有人给他送花篮，有人给他送鲜花，我忽然生出一股强烈的妒意和咫尺天涯的伤感，那一刻，我知道了我这一生属于谁了。

第二天午后，阳光很暖，我正在院子里的梅树下看书，他进来了。看见我，他显得又意外又高兴，朝我微微一鞠躬，说："何小姐，谢谢昨日赏光。"说罢脸竟然红了。我从竹椅上站起来，有些手足无措，忽然闻见花香，一抬头，看见了满树的梅花。我伸手折下最繁密的一枝，朝他面前一伸，说：

"祝贺你，该叫你——活许宣！"

他眉开眼笑，笑得阳光灿烂，从我手中接过花来，说：

“这是最好的祝贺。”一边低头珍惜地去嗅那梅花。刹那间，他手中那枝梅花像被一阵疾风吹了似的忽然都凋谢了，花瓣纷纷落在了地上，他举在手中的，只是一枝空枝。

我愕然。

他笑着解嘲，说：“何小姐，你瞧，这花在妒忌呢，它不愿意让你把它送给我，它当我是——”

我脸红了，我知道他咽回去的那两个字是什么。

他真正的职业是记者，在一家报馆做事，老家在北方，父母早已过世，只身一人在江南闯荡。我们认识后，他听从了我母亲的劝告谋了一份新职业，应聘在一家学校里教书。母亲对这未来的金龟婿还算满意，一遍一遍地念叨，说：“真巧啊，真巧啊！”起初他不解其意，再三追问，刚好那一天我们三人一起吃饭，大家饮了几杯酒，乘着酒兴，母亲就给他讲了关于我出生的故事。他听了，又惊又喜，抓住我的手，用舞台上小生的道白说道：

“哈哈，娘子，我们这是‘前尘未断，今生再续’呀！”

这“前尘未断，今生再续”八个字一出口，天摇地动，险些使我堕泪。

我们的佳期，定在我生日那一天——九月二十五日，是母亲择定的。母亲说，一个人来到人世的日子就是最好的日子。新房就准备安在他现在租住的房子里，离我家不远，只隔了两三条街巷。日子择定后，他就忙着找匠人重新裱糊、粉刷，添置家具，又将隔壁的房子也一并租了下来，为我们布置出一间安静雅致的书房。就在这时他忽然接到了苏州方面一所学校的聘书，是所艺术专科学校，待遇和工作条件比这里要优渥许多。他还在犹豫，我半开玩笑半认真地对他说道：

“这是我带给你的好运气呀，你不想要？”

于是，我们准备一完婚他就到苏州去，安顿下来再回来接我。那段日子过得忙乱无比，虽然我和他坚持一切从简，可是母亲固执得要命，一定要摆酒请客，大宴宾朋，行新旧合璧的婚礼。母亲说：“我一辈子等的就是这一天，你们还不让我如愿？”于是，母亲倾其所有，写喜帖、发请柬、订酒席、做嫁衣、准备陪送的妆奁，忙得昏天黑地。终于，喜日子逼近了，来临了，在眼前了，还有最后一夜，我就要离开这生活了二十二年的老宅和相依为命的母亲，去做人家的新娘了。

我难以成眠。

这是一个好月夜，月光透过窗纸静静洒在屋里一百岁的青砖地面上，那是最后的处女的月亮。我有些伤感地合上眼，忽然看见竟有一个人在屋子里静悄悄站着，他站在月光照不到的黑影里，站在我的书案前，不知已站了多久。我看不清他的脸，影影绰绰的，只觉得那似乎是一个熟悉的人，忙问道：

“谁？谁在哪里？”我叫着我的新郎的名字，“是你吗？”

没人回答，然后我就听到了一声清晰的、悠长的长叹。

我睁开眼，惊出一身冷汗，哪里有人的影子？只有月光、树影和朝夕陪伴了我多少年的亲爱的家具，那是一个梦吗？我捺着怦怦怦狂跳不已的胸口不敢确定。就在这时我听到了一种声音，像风声，又像人的呜咽，从院子里传来，沉闷、深邃、悲痛，我不由自主地起身，下地，开门走出去。月光一下子洒在我身上，皎月星空，没有一丝风，可是呜呜的声音越来越响，笼盖了整座宅院。忽然间我明白了，我看到了我的梅树，看到了一个让我震惊的奇景：月光下，它在哭。沉闷、深邃、悲痛的声音从树干内心，从它深深的根部爆发出来，它哭得枝叶乱颤。无风的月夜，花不摇，草不动，唯有我的树，如同在大风中摇晃颤抖，痛哭失声。

我奔过去，抚摸它，我不知道该对它说些什么，它是为我们的别离而哭吗？我不知道。

婚后的生活是平静快乐的。我们在苏州安下了一个简朴却温暖的小家，苏州有一个由京戏票友发起的“雁声社”，十几个同道，常常聚在一起，在园林中，又拉又唱，他很快就加入了进去，我有时也和他一起去凑热闹，在山石泉林中，听他唱戏是我最快活的事。我们本来想将我母亲接来同住，可是她不肯，她说她要为我们守护老宅——她认定了我终究是要回到西湖的。一晃就是三年。三年来她常常写信告诉我关于老家关于老宅的点点滴滴，她信中也提到我的树，说自从我离家后，一连三年，那树都没有再开过花！母亲说：“没想到它倒还是知恩知义的。”没有了梅花清香的院子让我想起来就伤感，我很想家。

三年，又三年，日月如风。时代发生了翻天覆地的巨变，我们也都成了新时代的人。五十年代初期，由于院系调整，我们竟又如愿以偿地回到了杭州故里。这是让母亲晚年最高兴的事。她还在我们的老宅里住着，一直陪伴她的老干娘去世了，三间屋子只剩下了两间。我们夫妇自然住在学校分配的宿舍中，每逢星期天，我都要进城去，看母亲，看老宅，也看看我的树。

它一直没再开花，三年，又三年，它老了，沉默了，似乎了无生趣，我的归来也没能唤起它生命的活力。说实话，我并不是能经常想到它，与一棵树相比，更多更重要的事情占据着我的人生。生活改变了太多太多，它远比从前要激扬、热情、宏大和酷烈。后来母亲去世了，埋葬了母亲，我用一把老式的黄铜锁锁住了我们的老屋，锁住了我不忍再去触动的旧日的一切。我也不再回我们的旧院，这样，差不多有两三年时间，我再也没有见到过我的梅树。

于是，就到了那个春天，这是一个要发生大事的春天，人们激情澎湃。我是一个对时事不敏感的人，只是无端地不安。有一天几个虚怀若谷的人用汽车把我们拉到了一个小会场，大家像一家人一样团团围坐，促膝谈心。我说了些什么，连我自己事后也不大想得清楚，也许我抱怨了，抱怨可供我们研究参考的典籍太少，抱怨这学校图书馆的匮乏，等等。这样，差不多过了半个月，夏日一个特别明丽的早晨，我走进校园，看见了铺天盖地的“大字报”，凡是我名字的地方，都极其醒目地打了红叉。大喇叭里也在声讨着我的罪行，听得我莫名其妙，不知道他们正在声讨的那个人是谁。

六十岁以上的人对那个年代发生过的事应该都不陌生，不错，这算不得一件新鲜事。我经历了无数次大大小小的批判会，这让我愤懑、屈辱。我把我的屈辱和愤懑讲给了这世上我唯一的亲人听。我们相拥着，大难临头，彻夜难眠。他用他的脸长久地摩挲我的脸，他一脸的泪水，把我的脸也濡湿了。我用手轻轻为他拭泪，他紧紧紧紧搂住我，哽咽着，说道：

“这人世好无情啊！让我们怎么做才能活下去？”

连续两晚他都失眠了。

两天后，他们又把我带到了一个更大的会场，我已经有些习惯这场面了，见怪不怪。可我不知道他们为我准备了什么。一个一个人走上台，又一个一个人走下场，最后上来一个人，再熟不过的一个人，儒雅、谦和，十几年过去仍然称得上风流俊美的一个舞台上的小生，就像在梅树下吊嗓子，一开口，唱的就是《雷峰塔》中的许宣。这许宣走上台，对着黑压压的人群大声地、愤慨地说道：

“我要揭发！我要控诉——”

他把我们夜深人静时的私语，一五一十，全说出来了，他把我的愤懑、屈辱和不满，一条两条，全讲出来了。说到激昂处，他不知不觉使用了小生的阴阳嗓，刹那间我以为他是在做戏。那俊美的扮相，风流的身段，高亢悠扬穿云裂石的声腔，那在人与妖之间万难抉择的千古悲情，引我到戏中，泪水涟涟，做了一个戏中人：春阳下，我鼓足勇气举着一枝梅花，向他示好。忽然我听见他讲起了旧事，他说：“大家看一看，眼前就是一条真正的化身成美女的毒蛇！”于是，他抑扬顿挫声情并茂地讲起了我出生的故事，讲起了“雷峰倒，白蛇出”的故典和预言，他义正词严地质问我说：

“你这毒蛇，难道还要继续祸害人间吗？”

人群哗然，群情激愤无比。他们喊口号，口号声像浪涛一样淹没了我，吞噬了我。“前尘未断，今生再续”，我想起这八个字。我又一次被以正义之名驱逐到了人群之外。

第二年春天，我从我劳动的水库工地上返回老宅。

半年前我们办妥了离婚手续，结婚十几年，竟然没有一个孩子，从前一直觉得是个遗憾，而现在，则深为庆幸。

到老宅时正是黄昏时分，我风尘仆仆，穿着打补丁的破棉衣，怀中揣着母亲留给我的老屋的钥匙，那黄铜钥匙被我抚爱摩挲得像浸了油一样温润光亮。我心跳着走进院门，忽然止住了脚步。夕照中，我看见了我的树，多年不曾开花死气沉沉的树，此刻，竟是一树的红梅！我从没见过它有过如此热烈的颜色，满树的繁花，满树的血花。它拼了怎样的力气才开出这一树血花来的啊！我望着它，泪水慢慢涌满我的眼睛，我轻轻走上前去，走到我的树下，突然间，奇迹发生了，千百朵怒放的红梅如雨一样从枝头坠落下来，赴死一般，飞奔下来，落在我头上、脸上、肩上、身上，它们芳香地、缠绵地、生死不渝地抱紧了我，亲着我备受伤害、寂寞的身体，刹那间我成了一个花人。我仰起脸，在纷飞的花雨中无声痛哭，我终于知道了一件事：这棵树，它才是我前生前世最亲的那个亲人，我的许宣。

此生，我和这棵树同生共死。

二

八十岁是一个叫人平静的年龄。

八十年中我只从事了一种职业——在大学里教授了一辈子的中国古典小说。或者可以换一个说法，我一辈子从事的职业，就是对我的学生们一遍又一遍地重述古代的传说和故事。出于职业的需要，我必须了解、研究这些传说、故事的版本和源头。据我所知，《白蛇传》的神话故事在中国民间流传久远，口头流传的年代已无从考察。一九二四年六月，北平京华印书局影印出版了由马廉先生作序的《清平山堂话本》，马廉先生在序言中写明，这个版本出自日本内阁文库所藏的残本，没有序目和刊刻时间，是由日本友人长泽规矩也先生把残本照片带到北平来，后由古今小品书籍印行会以照片形式交付京华印书局影印流传。在影印的十五篇残存话本中，有一篇叫作《西湖三塔记》。这是迄今为止可以看到的关于白蛇故事雏形的最早版本。现有的文献证明，《西湖三塔记》属宋代话本，距今已有八百年上下。所谓《清平山堂话本》并非原来的书名，只因刻印残本的版心刊有“清平山堂”字样，日本的残本便借此做了书名。据马廉先生考证，“清平山堂”是明朝嘉靖时期

（一五二二年至一五六六年）的大藏书家钱塘人洪楩的斋名。一九三三年秋天，马廉先生在家乡宁波无意间又得到十二篇新的刻有“清平山堂”字样的话本残书，并在残书上看到了“雨窗集”“欹枕集”的题字。此后，又有阿英先生收集到新的轶文残片。历经多年，最终，我的同行们考证确认“清平山堂”主人洪楩所刊刻的话本，共有六集，分别为：《雨窗集》《长灯集》《随航集》《欹枕集》《解闲集》《梦醒集》。每集各分上、下卷，每卷各收话本五篇，总计有六十篇。看过书名就会明白，当初收集刊刻这些话本故事，只不过是为了休闲，为了消遣，为了打发时间的。在那个以文言文和科举制度为正统、为最高宗旨的时代，所谓话本、故事之类的“小说家言”，是引车卖浆者流的嗜好，是上不得台面的。

《西湖三塔记》所记述的故事，属于妖魔利用人的欲望骗人害人，最终被道士收服镇压的老套子，借此宣扬的也还是所谓惩恶扬善、戒色戒欲之类的套话。故事中所收服的妖怪不是一个，是三个，分别是白蛇精、乌鸡精、水獭精。三个妖怪被镇压的地点不在雷峰塔，而在西湖的三潭之下，就是西湖十景之一“三潭映月”的那三座石塔。这个故事多经流变，在明朝天启、崇祯年间就有了以白娘子为题材的戏剧。一直到了晚明大文豪冯梦龙（一五七四年至一六四六年）编纂的《警世通言》里，才出现了和《白蛇传》最为相近的故事：《白娘子永镇雷峰塔》。但是，这个版本也还是没有脱离妖魔惑人终被收服的套路。后来，这个故事被梨园伶人搬上舞台，反复上演，反复修改，也因此在民间广为流传。这期间，有与冯梦龙同时的陈六龙写的剧本《雷峰记》，有清代乾隆前期由黄图珌和陈嘉言父女先后改编的《雷峰塔》，一直到乾隆三十六年（一七七一年），出现了署名“岫云词逸改本，海棠巢客点校”的《雷峰塔传奇》，白蛇的神话故事才最终定型，变成了至今流行的样式：三千年修行的白蛇羡慕人间生活，变化成白娘子，和小青一起来到杭州西子湖边，白娘子为了保护自己同许宣的恋情和家庭，与前来收服自己的法海和尚生死拼搏，端阳节白娘子却情不过喝了许宣的雄黄酒，现出原形吓死了丈夫，为救活被吓死的许宣，白娘子冒死盗回仙草，被救的许宣听信法海，逃离家园躲进金山寺，白娘子为抢回丈夫，发动各路水族助战，水漫金山寺与法海决斗，最终失败，被镇压在雷峰塔下。而这位“海棠巢客”，就是字仰松，号岫云的方成培。此后，这个本子在各种地方戏曲中被改名为《白蛇传》长演不衰。其中最古老的剧种昆曲中保留的折子戏，《盗草》《水斗》《断桥》，仍然保持了两百多年前方成培剧本的原样。

之所以在这里喋喋不休地讲述《白蛇传》的版本、源头，想说的不过一件事：这是一个千百年来被无数人反复重述的神话故事，可是这也确实是一个千百年前，关于我自己前生前世的传说。同时作为传说的重述者和亲历者，我先是无法从自己的重述中剥离母亲的叹息，后来，又无法从重述中剥离我自己，我情不自禁一次次地从“他说”回到“我说”。如今，母亲的叹息和那张发黄的《钱塘晚报》，安静地躺在我的书柜里，它们让我一次又一次地回溯到《白蛇传》的源流当中。当置身在传说的河水中，被纷繁的版本和源头缠绕不清的时候，眼前总是出现母亲留给我的这张白纸黑字的证据，耳边总是响起八十年前，母亲来自人间的叹息。

扪心自省，红尘苦海中，最难解的执迷就是一个“我”字。所谓一花一世界，一树一菩提。世界万象，菩提妙法，也都因为“有我”才可观可思。对我而言，“有我”“无我”的取舍，“他说”“我说”的抉择，就是我苦海中的迷航，就像母亲八十年前的叹息，那是一炷人世间永不熄灭的香火，在我心里烧灼出叫人心痛的袅袅青烟。百般思量，彼岸迢迢，或许，这世界，这人间，能相信的只有生生不息的传说。

尾 声

公元二○○六年，有一天，北方某座大都市里，一个十五六岁的少年因被毒蛇咬伤，被送进了医院。咬伤他的，是一种剧毒无比的毒蛇，很稀有，医生极其惊诧，不知这少年怎么会被这种少见的毒蛇所伤。更令人惊诧的是，被这种毒蛇咬伤的人，十分钟之内就会昏迷，半小时之内，若不及时注射抗蛇毒血清，就会丧命。但这少年被送来时，距离他受伤已近一个小时，神志却依然清醒。只是，对医生的提问，比如在哪里、又是怎样被咬伤的，他缄默不语。

这少年生活的城市，和所有的大都市一样，高楼林立，每一寸土地都覆盖着水泥，汽车将路面塞成实心。一个少年人的世界里，有麦当劳和可乐，有阿迪达斯和“超女”，有电脑和网络，有QQ、MSN和博客，当然，也有《动物世界》，但那是在电视里，只有在电视虚拟的世界里，一个城市少年才会和这种稀有的毒蛇遭遇。

这家医院，刚好没有这种救命的抗蛇毒血清。于是，医生动用了各种现代化的手段，从遥远的另外一座城市，火速调来了针剂。可是，这种火速，与蛇毒对生命的吞噬而言，还是太慢太慢，就像牛车与火箭的悬殊。医生其实是不抱希望的，只是抱着一种“不放弃”的姿态。但，奇迹真的发生了，少年在被毒蛇咬伤三十六小时之后，竟被完好地、成功地抢救了过来。

医生深感震惊。

揭开少年受伤秘密的，是媒体。这很正常，在少年生活的这个时代，媒体无孔不入。媒体报道了这起罕见的毒蛇伤人案和“成功抢救”，为了挖到更多的故事线索，他们十分敬业地来到了少年人的家。他们几乎被吓死！少年人的家里，大大小小，盘踞着大约一百多条蛇！响尾蛇、眼镜蛇、蝮蛇、竹叶青、五步蛇、菜花蛇，当然还有那剧毒无比的稀有奇蛇，应有尽有，简直就是一座蛇岛！在这被钢筋水泥塞成实心的大都市，在这人气蒸腾、几百万人口麇集的地方，少年和他的母亲，原来竟生活在一座“蛇岛”之中。

那是一个极普通的居民小区，一幢极普通的、建于八十年代的楼房，一间二居室不满五十平方米的单元房，一百多条蛇和少年还有母亲，济济一堂，隐秘地生活了多年。媒体的曝光，使全城为之轰动，在巨大的压力之下，少年和母亲接受了记者的采访。母亲说：“他爱蛇如命。”母亲这么说时眼睛闪着泪光。

这是一个离异的、单亲的家庭，没有父亲。母亲说少年从小就内向孤僻，不喜欢和人交往。五六岁时，有一天，他回家，捧回一条小蛇，那是他的第一条蛇。母亲吓死了，要他丢掉，可是儿子的回答让她更加害怕和吃惊，儿子说："妈妈，你知道它找了多久才找到我？"只见那小青蛇，爬在他肩头，耸起身子，用它柔软冰凉的身体，摩挲儿子的脸。母亲被这怪异的亲昵感动了。

母亲也不知道这些蛇从何而来。对于这个问题，少年的回答则是："它们找着了我。"记者为此采访了许多人，有少年的同学、老师、邻居等，他们的回答亦是猜测。他们猜测说，这些蛇大概是少年人从各个动物自然保护区和动物园偷来的。这个回答，说服力依然很弱，一个十几岁的少年，并没有到过多少地方，就算他到过一些动物保护区，要偷这一百多条蛇，也是一件匪夷所思的事。

少年在电视镜头前就像一个普通的自闭的孩子，不喜欢说话。当记者一再问他如何竟被自己的"朋友"咬伤时，他说："是我不好。"显然他不喜欢谈这个问题。善于穷追猛打的记者问他听没听说过"农夫与蛇"的寓言，他忽然愤怒了，他说：

"是我先伤害了它！"

他变得很激动，甚至口吃。他说："它要是真想伤我的话我早就没命了！哪个医生能救得了我？"他说："你们知道不知道发生了什么？它自杀了！它自己把头伸进了暖气片的缝隙中咔吧一声扭断了自己的脖子！它太伤心了！"少年说到这里流下了眼泪，他默默地哭，不再回答记者的任何问题。

后来，记者又为此采访了许多的专家学者，有生物学家、蛇类专家、心理学家、教育工作者、社会学家等等。生物学家和蛇类专家都称少年的话没有“科学根据”，他们从生物学、遗传学的角度分析说蛇是冷血动物，根本没有感情。而心理学家、教育工作者和社会学家，则是从社会科学的角度分析，认为家庭的离异和不幸最终导致了少年严重的心理疾患，使他常常陷入一种幻觉和狂想之中而不自知。这是最为“科学”和“合理”的解释，于是，他们共同呼吁，在现代社会，人与人之间应该有更多的爱。

他们都没有提到另一种可能，那就是，这少年身上，或许携带着人类所不能了解的灵异与古老的基因密码。他是造物的意外，是另一个生活在我们中间的“粉孩儿”。

我把刻录了这篇电视新闻专题报道的光盘收藏起来，和母亲的那张《钱塘晚报》放在一起，保存在书柜里，放在众多神话传说的中间。夜深人静，有时，我会和那个孩子相逢，他盘腿坐在草地上，神情十分严肃。他严肃、忧伤地重复着一句话，他说：

“一日不见如隔三秋呀。”

图书在版编目（CIP）数据

人间 / 李锐，蒋韵著. — 南京：译林出版社，
2024.11
（李锐作品）
ISBN 978-7-5447-9614-9

Ⅰ.①人… Ⅱ.①李… ②蒋… Ⅲ.①长篇小说 - 中国 - 当代 Ⅳ.①I313.45

中国国家版本馆CIP数据核字（2023）第039270号

人间 李 锐 蒋 韵／著

责任编辑 侯擎昊
装帧设计 韦 枫
校 对 戴小娥 梅 娟
责任印制 闻媛媛

出版发行 译林出版社
地 址 南京市湖南路1号A楼
邮 箱 yilin@yilin.com
网 址 www.yilin.com
市场热线 025-86633278
排 版 南京展望文化发展有限公司
印 刷 江苏凤凰新华印务集团有限公司
开 本 850毫米 ×1168毫米 1/32
印 张 7.375
插 页 4
版 次 2024年11月第1版
印 次 2024年11月第1次印刷
书 号 ISBN 978-7-5447-9614-9
定 价 58.00元